# 神を演じる人々

谷口雅宣

Masanobu Taniguchi

日本教文社

# 神を演じる人々　目次

谷口雅宣短篇集

# 神を演じる人々

# 疑心

沢井誠は、ラーメン屋の前を通りすぎてから、左手を胸の下に当てた。「吐き気」というほどのものではないが、何かモソモソと胃袋が持ち上がるような奇妙な感覚である。夜の盛り場の人ごみの中を足早に歩いていても、その感覚は突出して感じられたから、錯覚ではない。大体、これが初めてではない。掛かりつけの精神科の医師は、それを聞いて「なるほど」とうなずいてはくれるが、その表情は明らかに「気のせいだよ」と言っている。ところが沢井は、その表情を見ると安心するのだった。ひょっとすると、その表情を見たいがために精神科の門をくぐるのかもしれない、と時々思うことがある。自分自身が医者なのだから、科学的に説明できないことが自分の体の中で起こっているなどと、認めるわけにいかなかった。自分と同じ科学を学んだ専門家が、優しい眼差しで

「それは錯覚だよ」と言ってくれることが、彼に安らぎを与えるのだった。

「これは妄想の一種だ」と自分に言い聞かせながら、沢井は新宿の裏通りを、また歩幅を広げて歩き始めた。新宿三丁目から靖国通りを渡り歌舞伎町へ向かおうとしていた彼だったが、足はなぜか駅の方へ引きつけられるのだった。この近辺で夜の食事をすることを、自分の胃袋が拒んでいるように感じられた。

「いや、これも妄想だ！」と、沢井は自分に再び言い聞かせる。しかし、食欲は理性とは別のところで働いていることを認めざるを得なかった。

　彼はその日、勤め先のK大病院で三人の患者の外科手術をすませ、疲れた体と神経を夜風に当てて慰めながら、新宿駅周辺までやってきたのだった。ここから西武新宿線に乗って三十分も行けば、自分の住む町に帰ることはできる。しかし、長時間の手術の後で、酔客の多い電車に揺られて家に帰ることを彼は好まなかった。立っていると疲れるというだけでなく、酔客の赤ら顔を見ていると、その胃や腸が赤く脹れて、肝臓の肥大した様子がアリアリと目の前に浮かんでくる。酔客の吐くすえたような息を嗅げば、胃液とアルコールに浸された胃の内容物の様子が、勝手に頭の中に侵入する。そういう連想作用を断ち切るためには、自分が酔客になるのが一番なのだが、医者としての判断が邪魔をして、酔うほどの量を飲めない自分であることを、彼はよく知っていた。

「外科医としては神経が細やかだね」と先輩医師に言われたことを、沢井は思い出していた。それは誉め言葉でないことが分かっていたから、彼は当初反論しようと思ったこともある。しかし、それも大人げないので、今はそんな皮肉に対しては特上の笑顔を作ることに決めていた。

　執刀後に腹がへるのは、スポーツ選手が試合後に腹がへるのと同じように、当たり前のことである。特に今日のように、難しい手術が成功した時などは、達成感と解放感も加わって、胃袋は盛んに報酬を要求する。それが普通だ。しかし、あのラーメン屋の前を通り、こってりとしたブタの脂肉の臭いを嗅いでから、沢井は食欲以外のものをその胃袋に感じた。その違和感は時々起こるのだが、今日はとりわけ強くそれを感じた。科学者としての自分の理性が「妄想だ！」と言い張っても、感じたことを感じないとは言えなかった。「そろそろまた、三橋さんのところへ行く頃かな」と、彼は独り言を言った。

　三橋良男は、沢井と同じK大病院に勤める精神科の医師である。

この病院に「術後カウンセリング」という新部門が作られた二〇〇五年に、三橋は初代の責任者として心療内科からそこへ着任した。この部門は、当時の先端医療であった同種間、異種間の臓器や組織移植の手術を受けた後、患者が抱く様々な心理的葛藤を解決させることが主な仕事だった。移植手術後の心理的葛藤には、例えば「他人からもらった自分の心臓が勝手に動いて困る」というような〝思い過ごし〟に類する単純なものから、「他人の神経細胞をもらった結果、記憶が蘇り、それにもとづいて本を書いた場合、その本は自分の作品と言えるかどうか」というような法律問題もからむ複雑なものまで、多種多様のものがあった。それらの問題を、弁護士などの専門職を含む十数人のスタッフと協力して解きほぐしていく――こういう煩雑で微妙な仕事が、三橋の担当する分野だった。

この「術後カウンセリング」へ来る患者は、人間から人間への臓器や組織移植が行われていた二〇〇七年までは、手術の件数が比較的少なかったこともあり、それほどの数にならなかった。しかし、二〇〇八年になって、ブタからの臓器移植の技術的問題が解決し、クローン技術の助けで人間に安全な種類のブタが大量に製造されるようになると、ブタから人への異種間臓器移植を行なった患者が、数多くの問題をカウンセリングに持ち込むようになっていた。沢井誠は、この病院で異種間臓器移植を行なった最初の患者であり、また、異種間移植で三橋のカウンセリングを受けることとなった初期の患者の一人だった。

つまり、沢井の胃袋はブタから移植されたものだった。

そのことは、沢井にとって秘密でも何でもなかった。むしろ彼はそのことを誇りに思っていた。「ブタの胃袋」が自慢なのではなく、医学の力が、自然の障害を見事に乗り越えて、一時代前には〝奇蹟〟に等しかった偉業をなしとげたその証拠が、医師である自分自身の体の中にあることが誇りなのだった。この「胃袋」が健康に機能しているかぎり、自分が歩んでいる医学の道は正しく、人類を価値ある未来に向かわせていると、沢井は実感することができるのだった。

だから彼は、自身が外科医として大勢の患者に接する時も、異種間移植を自信をもって勧めることができた。当初、臓器を病む多くの患者は、「ブタの臓器が使える」と聞いても、そんなものは「汚い」とか、「臭い」とか、「病気がうつる」とか、「気持が悪い」などと言って尻込みしたが、医師である沢井が、自分の胃はブタからもらったことを患者に告げ、移植以来大きな不都合はないという事実を自信たっぷりに話すことで、大抵の患者は彼の手による異種間臓器移植を希望するようになるのだった。その結果、彼の執刀による手術の件数は増え、技術は向上し、沢井は今やK大病院での異種間臓器移植の第一人者と目されるようになっていた。

そんな彼が、時々三橋の「術後カウンセリング」を受けるなどということは、人に知られない方がいいに決まっている。だから、沢井が三橋に会いに行くときは、普段の仕事着である白衣のまま、患者の問題を相談するかのような態度を装って、晴れ晴れとした顔で、時には三橋のスタッフに冗談を飛ばしながら颯爽と(さっそう)して行くのだった。また、そんな気分にどうしてもなれない時は、電話で話せば大抵は事足りた。

今回の問題も、そういうカウンセリングをもう一回重ねることでうまく処理できる、と沢井は軽く考えていた。

◇

翌日の夕方、三橋の診察室では、白衣姿の沢井が航空機の座席のようなリクライニング式の椅子に寄りかかって、天井を眺めていた。ベージュの布張りの天井には、調光式の間接照明の柔らかな光が当たっている。沢井は、この天井の薄暗い隅に、人の手を思わせる形をした小さな染みができているのを眺めていた。以前、三橋にそのことを尋ねると、上階の床下に通った排水管から水漏れした時の名残だと言った。沢井はそのことを思い出しながら、「この染みは、見方によってはブタの横顔にも見える」と思った。

その時、

「やっぱり、ブタのことが気になりますか？」と、三橋の低い声が頭の後ろの方から聞こえた。

「ああ、そうだと思う」と、沢井は虚を突かれたように戸惑って答えた。

「異種移植では珍しくないことだと前にも話しましたね」と、三橋は専門家の丁寧さと注意深さで言った。「例の胃の感覚も、一種の連想作用から起こると考えられています」

「そういうことだろうとは僕も思うんだが」と沢井は天井に目を泳がせながら言った。「しかし、胃が本当に持ち上がったり、収縮したりする感覚は、脳内の神経細胞の働きだけでは起こりそうもないしね」

沢井は、三橋が自分より一回りほど年下であることを意識して、ちょっとぞんざいな言葉づかいをしていた。

「実際に胃が持ち上がっているということは、十分考えられます」と、三橋は何でもないかのように言った。

「えっ？」と沢井は聞き返した。

「ブタの臭いだと感じることで、胃の筋肉が実際に収縮するという可能性は十分考えられる、ということです」。言葉を選びながら、三橋はゆっくりと言った。

「それじゃ、気のせいじゃないということ？」と、沢井は思わず語気を強めて言った。

「その答えは、『気のせい』という言葉の意味しだいです」。三橋はあくまでも落ち着いていた。

「どういうこと？」沢井は不機嫌に言った。

「つまり」と三橋は抑揚のない話し方で続けた。「脳などの中枢神経から自律神経とは別に体性神経のようなものが延びて、胃の筋肉と結びつくことが考えられるのです。それがなぜ起こるかは分かりませんが、ブタを意識しすぎることで起こるとしたら、『気のせい』でそうなるとも言うことができるからです」

しばらく沈黙が続いた。沢井は、三橋の言ったことを頭の中で整理していた。人間が自分の意志で腕や脚を動かせるのは、脳を中心とする中枢神経から延びた神経細胞の軸索が腕や脚の筋肉に結びついていて、そこへ「動け」という指令を伝えるからだが、それと同様の関係が脳と胃の筋肉に成立すれば、それは心の力が胃を実際に動かすことになる。そんなことが自分の体の中で起こっているとしたら、今後、自分の胃は、ブタの臭いにますます敏感に反応することになるのではないか。

「三橋さん」——深刻な気持になった沢井は、少し丁寧な言葉づかいになっていた。「そういう可能性は、臨床的に確かめられたのですか?」

「私は確かめていませんが、アメリカで交通事故で死んだ人を解剖した時、脊髄と胃の筋肉の間に普通の人には見られない長い神経が通っていた例が一件だけ報告されています」と、三橋は語調を変えずに言った。

「それで」と、沢井はたたみかけるように言った。「その人はブタの胃を移植していた?」

「胃だけではありません。肝臓も腸も……」と三橋は言った。

沢井は、診察用の椅子から身を起こして、後方にいる三橋の方を振り返っていた。両手を肘掛けの上に突っぱり、背中の筋肉がよじれるほど力を入れて体を捻じ曲げ、眼は三橋の顔を睨みつけているのだった。

三橋は、その視線から逃れるように脇へ目を逸らして言った。「しかし、多くの症例の中のたった一件ですから、沢井先生のケースは別のことが原因かもしれません」。声の調子は悔しいほど冷静だった。

沢井がひねった体をもとに戻して椅子に背中をあずけると、三橋は何かを言い忘れたのか、沢井の前まで歩いてきた。

「連想関係を断ち切るための荒療治があるんですが……」

目を細めた三橋の表情は、「あまりお勧めできない」と言っているようだった。

「どんな治療?」と沢井は不安げに言った。

「ブタに同情する気持がこの症状の原因と思われますから、それを起こさなくするのです」

と言って、三橋はまた目を細めた。

「どうやって?」と沢井は言った。

「子ブタを自分で潰す体験が有効な場合があります」と言って、三橋は壁の方に目を向け、それから念を押すように言葉を継いだ。「成功する場合と、しない場合がありますが……」

沢井は「潰す」という意味をすぐに了解した。屠殺するのである。それが心理療法だというのだ。沢井は椅子から立ち上がった。何か急に怒りがこみ上げて来た。気がつくと、自分の胃袋は盛んに収縮しているのだった。

# 捕獲

ロザリン研究所からハツカネズミのピーターが逃げ出した後、研究所の周辺では妙なことが起こるようになった。

アメリカ有数のこの生命科学研究所は、カリフォルニア大学バークレー校の敷地の東端にあり、サンフランシスコ湾を望む高台の高級住宅地に接していたが、まず、この周辺の森に棲むリスたちに異変が起こった。リスは普通、人間と同じように昼間に活動し夜は眠る。そのリスが、夜間に動き回る姿が見られるようになった。それに早く気がついたのは、同研究所のデヴィッド・ハリソン博士だった。ハリソン博士の家は、研究所から車で十分くらい離れた、緑に包まれた丘の中腹にあったが、博士が夜、仕事から帰宅する途中で、道路を素早く横切る小動物の一団を見た。博士は最初、それを小型のネコと思ったが、太い尻尾を斜めに上げて走る様子は、どう見てもリスなのだった。

そのうちに、同じ道路で夜間にリスが車に轢かれた。それだけでなく、シカが夜、車の前に跳び出してはねられた。このあたりの森には昔からシカが棲んでいたが、用心深くて日中に人間の前に姿を現わすことはめったにない。大抵暗くなってから活動するのだが、その際も、光を放ち唸り声をたてて走る車に近寄ることなど、かってなかったのである。さらに、人家がかたまっている所では、夜中に沢山のドブネズミが集まっているのが目撃された。

ハリソン博士は当初、こういう動物たちの行動が、自分の仕事と関係があるとは全く考えなかった。しかし、ある晩、博士が研究所で仕事を終えてホッと一息ついた時、自分の座っている椅子の後方で、ガラスを叩くような音とネズミの鳴き声を聞いたように思い、振り返った。すると、窓の外に一匹のネズミの姿が見えたのである。そのネズミは、体の大きさと比べて頭が異常に大きく、前足で窓枠につかまりながら博士の方を見つめ、長い前歯を見せながら口を動かしていた。その様子は、まるで博士に向かって何かを訴えているようだった。博士が思わず窓際へ駆け寄ると、ネズミはもうそこにはいなかった。そして、窓を開けた博士が見たものは、夜闇に向かって走り去る頭の大きいネズミと、それを追うリスの一団だった。

「あれはピーターだ」と、その時博士は思った。

ハツカネズミのピーターは、一週間前に研究所のガラスケースから逃げ出した。このネズミは、一緒にいた同じ種類の九匹に比べて行動がおかしかったので、博士は助手をしている大学院生のジョージに、気をつけて観察するように言ってあった。しかし、餌の時間に、ピーターは突然ジョージの指に噛みついて逃げたのだった。実験用のハツカネズミが飼い主に噛みつくことはめったにない。だから、ジョージも油断していたのである。

ロザリン研究所は、合衆国政府から許可を得て人間のＥＳ細胞（胚性幹細胞）の培養をしている数少ない医療機関の一つだった。アメリカでは二〇〇五年、人間のＥＳ細胞から得た神経細胞を使ってアルツハイマー病の治療に初めて成功したが、それを行なったのがこの研究所だった。現在、研究所ではこういう先端医療を行うだけでなく、他の医療機関や研究所から注文を受けて、自ら培養している三十系統の人間のＥＳ細胞株を世界中に提供していた。

ES細胞とは、人間の受精卵が胎児になる前の「胚盤胞」という段階で、胚から抽出した細胞群のことをいう。この細胞群は、人間の体のあらゆる組織や臓器に変化する能力があるから「万能細胞」と呼ばれることもある。また、この細胞を胚から抜き出して適度な条件で培養すると、初期状態のままいつまでも分裂を繰り返して増殖するから、「不死性」があると考えられていた。そして、これに化学物質を加えて刺激すると、神経細胞、心臓の筋肉細胞、骨の細胞、血液の細胞など、人体のほとんどすべての細胞に分化する。だから、研究所の細胞は、人体のスペアを供給する〝素細胞〟として、いつも引き合いが絶えない状態だった。

ハリソン博士は、この研究所でES細胞の増殖と品質管理を担当している。その中で重要な仕事の一つは、外からの注文に応じて出荷するES細胞が、受精卵の内部にあった時と同じように「万能性」と「不死性」を共に維持していることを確認する作業だった。

ES細胞の品質を調べるには、検査の対象となる人間のES細胞を、ネズミの受精卵に注入する。すると、人のES細胞は分化しながら体を作ろうとする。しかしその一方で、ネズミの受精卵自身もネズミの体を作ろうとするから、ネズミと人間の二種の細胞は、互いに混ざり合いながらネズミの体に成長していくのである。科学者はこれを「キメラ」と呼んでいる。ギリシャ神話の怪獣から取った呼び名で、「混合動物」という意味である。

人間の細胞がネズミの体のあらゆる箇所に均一に広がっているのが分かれば、そのES細胞は「万能性」をもった〝良品〟であることが証明されるのである。しかし、たまに人間とネズミの細胞が完全に混じり合わないことがある。そんな時、ネズミの体の一部——例えば皮膚、骨、あるいは心臓だけが、すべて人間の細胞によってできたりする。そういう場合、ネズミはグロテスクな形に成長し、大抵は大人になる前に死んでしまう。博士は助手と二人で、その大人になる前の生後三週たったキメラのネズミを解剖し、人間とネズミの細胞の混ざり具合を調べるのに、一日の大半を費やしていた。

ハリソン博士は、この仕事をしながら気になることが一つあった。それは、検査のために作るキメラのネズミの内部で、人とネズミの細胞がうまく混合せずに、人間の細胞だけで脳や生殖器ができた場合の対応だった。そういうことは理論的には考えられるが、実際に起こることはめったになく、起きた場合でも、通常のキメラ・ネズミと同様に処理すればいい、というのが研究所の倫理委員会の方針だった。しかし、博士にとっては、それほど簡単に事が進むかどうか、あるいは進めるべきかどうか、疑念が残っていた。

「ピーターが人を噛んで逃げたということは、まさにそういう事態が起こったことを意味しているかもしれない」

ハリソン博士は、その可能性を考えると、早急な調査が必要だと感じた。

翌日、ハリソン博士は大学の生物学教授、マーガレット・チャン博士と電話で一時間にわたって話し合った。チャン博士は、ネズミを含むげっ歯目の哺乳動物の生態に詳しかったから、ピーターのことで何か分かるかもしれないと思ったのだ。すると彼女は、リスの異常行動とピーターの間には何か関係があるかもしれないと言うのだった。彼女はバークレー市の海寄りの地域に住んでいて、その研究室はロザリン研究所から西に数キロ離れていた。そして、西側地域では、ハリソン博士が知っているような動物の異常行動はないと言った。もちろん、彼女の研究室のネズミにも異常はない。だから、リスの夜間活動は、研究所周辺のごく限られた範囲——つまり、ピーターが歩き回れる範囲にとどまっているとも考えられる、と言うのだ。

チャン博士は、さらにこんなことを言った。

「ネズミとリスは口や声帯の構造は似ているし、聴覚はほとんど同じだから、声で互いに連絡することができるかもしれないわ。でも、普段から連絡を取り合っているわけじゃないから、どちらか一方が、普段使わない相手の周波数の音を無理に出せば、連絡は可能という程度でしょうね」

しかし、ネズミとシカの関係については、チャン博士にも理由がよく分からなかった。

ハリソン博士はその晩、ジョージの協力を得て、研究所の外の窓の下にネズミ捕りを仕掛けた。餌には、リスの好まない動物性のものを使った。目的はただ一つ、ピーターを捕獲することだった。ピーターは研究所から逃げ出す前には、頭の大きさは他のネズミと変わらなかった。だから、あの頭の大きいネズミがピーターであるかどうか確信はなかったが、もし捕獲できれば、DNAの解析で事実はすぐ判明する。そして、ピーターの頭が肥大化したのであれば、その原因は恐らくES細胞の注入にある。もっとハッキリ言えば、ピーターの脳は人間の細胞でできている可能性があり、そのことは解剖によって確かめることができるのだ。

◇

翌日、ハリソン博士は助手のジョージより早く、午前八時五十分ごろに研究所に出勤した。

まず自分の研究室の鍵を開け、ネズミ捕りの籠（かご）を置いた場所に最も近いところにある窓を開け、体を乗り出して、下に置いた籠の方を見た。が、窓のすぐ下まで伸びているブッドレアの灌木が邪魔をして、籠の中はよく見えない。そこで博士は研究室を出て、今来たばかりの廊下を逆戻りし、研究所の玄関から外へ出て、開いた窓の下へ足早に歩いていった。

籠の中には、子ネコほどの大きさの黒いドブネズミが入っていた。そして、博士を見て歯を剥（む）き出した。がっかりしたハリソン博士は、そのまま研究室へ戻ろうとしたが、何か手がかりがつかめるかもしれないと思い、そのドブネズミを持ち帰ることにした。

研究室へ戻り、ドアを閉め、ドブネズミの入った籠を机の上に置いたハリソン博士は、辺りの雰囲気の異常さに気がついた。騒々しいのである。実験用のハツカネズミを飼っていた大型のガラスケースの中で、ネズミたちが走り回っていた。このケースの中からピーターが逃げたのだが、後に残った九匹のネズミは、走りながら時々、甲高い警戒音を短く、小刻みに発声する。すると、その声に応えて、博士の目の前にいるドブネズミが、やや低い枯れた声を出しながら頭を上げ、尻尾を振った。博士の前と後ろで、ネズミたちは声を掛け合っているのだった。

ハリソン博士は、ガラスケースの中のネズミたちの様子をもっとよく観察しようと思って、ドブネズミを置いた机を離れてガラスケースの方へ向かった。そこは、窓から差し込む日の光が届かない部屋の奥にあり、背の低いスチール製の引出しで区切られ、さらにその上に観葉植物の鉢が数個並んでいた。ネズミたちが走り回る姿は、その植物の葉の間から見え隠れしていたのである。

博士がガラスケースの前に立ったのと、耳もとで大きな金切り声がしたのとは、ほぼ同時だった。あまり突然だったので、驚いた博士は反射的に一メートルほど横へ跳んだ。見ると、植物の鉢の上に人の拳（こぶし）大の薄茶色の動物が一匹、足を踏ん張っており、長い二本の前歯をむき出して口を開けている。頭は、普通のネズミの倍以上大きく、充血した目を見開いて博士の方を真っ直ぐ見ているのだった。

「これがピーターなのか……」と思いながら、博士は背筋に冷たいものを感じた。開いていた窓から入ったのだ。ピーターでなければ、こんな所へ来るはずがなかった。その動物は、数日前に見たときよりもさらに頭が大きくなっている。そして、喉（のど）から胸のあたりを膨らませたり萎（しぼ）ませたりしながら、口から耳障りな高音を発していた。

　ハリソン博士は、身構えながらピーターに一歩近づいた。「捕獲」の二文字が博士の脳裏で明滅していた。が、その方法は分からなかった。博士は、ジョージの指の怪我を思い出して不安を感じ、目だけ動かして周囲を見たが、捕獲に使える道具はない。しかし、今捕まえなければ、二度目の機会はないかもしれない。

　と、その時、ピーターの発する高音が弱くなった。博士を見つめる目からも、しだいに威嚇の色が失われていった。さらに数分たつと、ピーターは目を細め、その声は雛鳥の鳴き声のように、何かを訴える音に変わっていた。博士はその時、「この生き物は自分に庇護を求めている」と感じた。そして、心に不思議な優しさが芽生えてくるのを感じていた。

　博士は、ピーターの前にゆっくりと手を差し伸べた。ピーターは一瞬、目を見開いたが、博士が低い声で「よしよし」と言うのを聞いて、視線を落とした。もう声を出すのはやめて、呼吸に合わせて丸い体を膨らませているだけである。ハリソン博士は覚悟を決めて、ピーターを両手の平で優しく抱き取った。手の中の動物は最初、四本の脚をもがくように動かして抵抗するかに見えたが、博士が手を緩めずに、親指でゆっくりと愛撫を続けていると、安心したのか、やがて動かなくなった。

博士は、手の中にピーターを包みながら、赤ん坊でもあやすように、研究室内をゆっくりと歩きはじめた。頭の中では、研究所の倫理基準がグルグルと回転していた。それによると、人のES細胞の研究や管理に使われた実験動物は、すべて例外なく殺処分することになっていた。こんなに大人しく人間に身を委ねる動物が、つい数十分前には、目をむいて人間を威嚇していたのである。この感情の振れの大きさは、神経障害をもった人間とどこか似ている、と博士は思った。「この動物を、そう簡単に殺すことはできない」という思いが、博士の中で広がっていった。

気がつくと、ピーターは博士の手の中で目を閉じていた。その口元は左右にわずかに引かれ、寝ついたばかりの赤ん坊が見せる〝天使の微笑み〟を思い出させた。

# 捕獲2

　動物好きのマーガレット・チャン博士は、研究室の窓から差し込む午後のやわらかな陽射しを背に受けながら、檻(ケージ)の中にいるリスのケイトに話しかけていた。

　リスは、餌箱から取ったヒマワリの種を両手で持ちながら前歯で削るようにかじっていき、食べ終わると別の種を拾ってまた口へもっていく。その間に時々、黒く丸い目を彼女の方へ向ける。リスの檻の隣には、一回り小さな檻が置かれ、その中に横長の木箱と、白い陶製の水入れが見える。が、動物の姿は見えなかった。

　チャン博士は口をとがらせながら、鼻にかかった声で言った。

「あなたが食事をしている時にネズちゃんが眠っていちゃ、話のしようがないわね。食べ物も違うし、棲(す)んでる場所も別々で、どうやってお話するの？」

彼女の仕事場であるカリフォルニア大学バークレー校では、一ヵ月前、構内のロザリン研究所で生まれた頭の大きいネズミが、ちょっとした騒動を起こした。それ以来、チャン博士は、ネズミとリスの間でコミュニケーションがどの程度できるか知ろうと思い、リスのケイトの檻の隣に、実験に使う普通のハツカネズミを入れた檻を置いて、観察を続けていた。ケイトは、大学構内に棲みついている野生のリスを捕獲したものだ。それがたまたまメスだったから、「ケイト」と呼ぶことにした。以前、チャン博士が自宅で飼っていたモルモットと同じ名前である。

二種の小動物はこの一ヵ月間、連絡をし合ったり、似たような行動をとることはなかった。一方は昼間に動き回り、他方は夜活動する。もちろん二種がともに動き回る時間帯もあるから、そんな時など、互いに鼻を近づけ、視線を交わらせることはある。しかし、それは人間同士の「交流」や「会話」に当たるようなものではなく、ましてや、ネズミがリスに指示を与えたり、リスがネズミの行動を真似るようなことはまったくなかった。

ロザリン研究所で生まれた頭でっかちのネズミは「ピーター」と呼ばれていた。同研究所のデヴィッド・ハリソン所長が人間のＥＳ細胞の品質検査をしていたとき偶然、作りだしたものだ。その検査は、ネズミの受精卵に人間のＥＳ細胞を注入して行うのだが、品質のよくないＥＳ細胞を使った場合、人間の細胞がネズミの体内で偏って成長することがある。が、「頭が大きくなる」という話は聞いたことがなかった。しかも、このネズミが特異なのは、自然界のリスとの間にコミュニケーションを成立させたうえ、リスの習性にはない夜間の活動を惹き起こした点だった。ハリソン博士はこのことに注目して、ピーターの脳細胞は人間の細胞でできているという仮説を立てていた。

チャン博士は、恩師であるハリソン博士に頼まれて、この仮説を覆すような現象が、普通のネズミとリスの間に観察できないかどうか確かめていたのである。つまり、ネズミとリスの間に普通にコミュニケーションが行われるならば、ピーターの行動は特に異常ではなく、したがってピーターの脳は研究に値しないということになる。そうすれば、ハリソン博士はその不吉な仮説を放棄して、本来の仕事に没頭できる。しかしその一方で、チャン博士は「その仮説」は正しいと感じていた。が、それを証明するのは容易でなく、また研究所外の人間である自分の仕事でもない。だから彼女は、ハリソン博士に頼まれた仕事だけを忠実に行なっていた。需要の多いＥＳ細胞の管理のために、いつも多忙なハリソン博士を側面から応援するつもりだった。

この調査は急ぐ必要があった。というのは、ピーターの命がいつまでもつか疑問があったからだ。もしハリソン博士の仮説が正しければ、ピーターの体内では人間の神経細胞が今も発達を続けているのだから、その数や長さはネズミの体の許容量を大幅に超えるはずだった。実際、現在のピーターの脳は、頭を通常の二倍の大きさまで拡張させている。これ以上脳が発達すれば、頭蓋が内側から割れて脳が皮膚の下に染み出す可能性があり、そうなれば、頭の表面へのわずかな衝撃も致命傷になるかもしれない。また、そんな神経細胞の浸出がなかったとしても、ネズミの体内に人間の神経が同居している状態では、いつどんな異常事態が生じても不思議でなかった。

このピーターの命の不確かさが、大学の倫理委員会が「ピーター温存」を決めた最大の理由だった。これまでの学内の取り決めでは、ES細胞の品質検査に使われたネズミの受精卵は、生後三週を超えて生かしてはならないことになっていたが、ピーターの場合は、三週目に自ら逃亡し、再び捕獲された時は生後ひと月以上たっていた。だから、本来ならばピーターは生きていてはいけないのである。しかし、このネズミは「人間の脳をもった世界唯一の珍獣」である可能性があったから、大学としては「いつ死ぬか分からないなら、生きているうちに研究すべし」という結論に至ったのである。

「あなたは明日から研究所行きよ。今度の相手は手強(てごわ)いから、今のうちに十分栄養をとっておいてちょうだい」とチャン博士はリスに言いながら、檻の中にケイトの好物であるドングリの実を転がして入れた。「相手」とは、ピーターのことである。ハリソン博士との約束で、ケイトは普通のハツカネズミとの関係を調べたあとで、研究所に送られてピーターと対面することになっていた。

実はチャン博士は、まだ誰にも言っていなかったが、今回のピーターの事件についてハリソン博士より一歩踏み込んだ見方をしていた。その見方は、ハリソン博士の研究室で初めてピーターに会った時の強烈な印象から生まれていた。日常的に多くの動物と接している彼女だが、盛り上がった幅広の頭の下でじっと自分を見つめるピーターの目からは、普通の動物にはない感情と知性のようなものを感じたのだ。彼女はその時から、ピーターの脳が人間の細胞であるならば、ピーターはネズミの格好をした人間ではないか、と考えるようになっていた。だから、ピーターを研究材料にすることには反対だった。それは、精神病の人間を研究することと変わりがない、と彼女は思った。精神病患者は「研究」の対象にすべきではなく、「治療」してあげるべき不幸な同僚であるはずだった。もし「研究」が許されるとしたら、それは患者とのコミュニケーションを深め、病んだ心を癒す目的に限定されるべきなのだ。しかし彼女は、こういう考え方は「科学的」というよりは「直感的」だと自分でも感じていたので、ハリソン博士にそれを言うのをためらっていた。

チャン博士は、さらにこう考えた――人間が聴くことができる音は、空気の振動数にして大体二〇～一万六〇〇〇ヘルツの範囲である。弦楽器に置き換えれば、コントラバスの超低音からバイオリンの超高音まで、と考えればいい。が、ネズミなどのげっ歯目の動物は、この超高音よりもさらに周波数の高い超音波を感覚し、また自ら発することができる。ただし、こういう超音波は、ネズミたちには「不快な音」あるいは「警報」として感じられることが多い。その理由は、恐らくネズミの天敵であるコウモリが、飛びながら超音波を発することと関係がある。事実、ある実験では、ハツカネズミに一万ヘルツの音波を聞かせると、五～六秒で頭を振りながら倒れてしまったという。だから、ネズミと同じげっ歯目のリスにとっても、ピーターの発する超音波の声は、きわめて不快な信号として感じられるに違いない。

問題は、そういう不快音をピーターがなぜわざわざ発するか、ということである。チャン博士は、それはピーターが「悲鳴」を上げているのだと解釈していた。単純に考えて、人間の精神がネズミの肉体に閉じ込められれば、それは「苦痛」でなくて何だろう、と彼女は思った。それに、ピーターはハリソン博士に捕まった時、逃げようとしなかったことも重要に思えた。それは「親」を信じる「子」の態度、あるいは「医師」の前に身を捧げる「患者」の心境を暗示していないだろうか。

◇

一週間後の朝、コーヒーの香りがする自分の研究室でハツカネズミに餌をあげていたチャン博士は、机の上のコンピューターの画面が不意に点燈し、電子メールの到着を知らせる信号が明滅するのに気がついた。差出人の名前も表示されている。ハリソン博士からの連絡だ。

ハリソン博士は、ピーターとケイトとのやりとりを分析した結果を知らせてくれていた。彼は、チャン博士と同様に、自分の研究室のピーターの檻の隣にケイトの檻を置き、二匹の動物の行動や音声をビデオテープと録音テープに記録しながら、自分の仮説を支持するような情報を集めていた。が結局、あまり興味のあるものは見つからなかったというのだ。もちろんピーターは、かつて他のネズミの前でやったように、時々高音を発して鳴き、隣の檻のケイトをパニック状態に陥らせることはあったが、そういう興奮状態は長くても三、四十分で終わり、その後はいかにも疲れたという様子で眠ってしまうという。ハリソン博士は、毎日ES細胞の仕事で忙しかったが、ピーターがそんな興奮状態に陥るたびに檻のそばへ行き、じっくり観察した。しかし、そのほかの時間は、助手のジョージに観察を任せてきた、と書いてあった。

またハリソン博士は、興奮時のピーターの発する超音波を解析したが、そこには単調な同一パターンが反復して出てくるだけで、何か意味のあるメッセージがあるとは思えない、とも書いてあった。そして最後に、「このネズミはリスに興味を示すことは少なく、むしろ私が檻のそばにいる時に活発に動き、音を出さずに口を開けたり閉じたりすることがある。腹が減っているのかと思って餌をやっても、食べないことが多い」と書いてあった。

チャン博士は、この最後の言葉を読んで胸騒ぎがした。もしかしたら、自分の考えていることが正しいかもしれない、と思ったのだ。もしピーターが、外見はネズミであっても心が人間であるならば、自分の窮状を訴えるためにわざわざリスに話しかけたりしないはずだ、と彼女は思った。人間がいる時に（それも、自分が信頼して身を委ねたハリソン博士がいる時に）、何か意味のある信号を送ってくるはずだ、と彼女は考えた。だから、解析すべき音声情報は、ピーターの興奮時の声ではなく、むしろハリソン博士に向かって口をパクパクさせている時の〝無音の声〟――人間の耳には聞こえない超音波――の方かもしれない。

チャン博士は早速、コンピューターに向かってハリソン博士宛てに電子メールを書き始めた。まず「ピーターを人間として見る」という自分の考えを簡潔にまとめ、次に、解析すべき音はハリソン博士に向かって話しかけた〝無音の声〟の方で、それは人間に聞こえなくても機械には録音されているはずだと書いた。さらに、その〝無音の声〟を機械から取り出して人間が聴くための方法も付け加えた。それは、チャン博士自身がネズミの超音波を聴く時によく使う方法で、録音テープを高速で回しながら録音を行い、再生時にゆっくり回すという簡単な方法である。そして最後に、「私は、ハリソン博士の仮説は正しいと思います」と書いて、メールを送信した。

チャン博士は、その日担当の授業が三回あったので、動物たちに餌をあげに研究室にもどってきた時には、すでに陽が落ちていた。

コンピューターのスイッチを入れると、ハリソン博士からの返信が届いていた。中身はいたって簡単だった。

「マギー、君のおかげでスゴイ結果になった。すぐ研究所へ来てほしい。デヴィッド」

——その三十分後、チャン博士がロザリン研究所へ車で駆けつけた時、ハリソン博士の研究室は人と機械でごった返していた。部屋の中央に二台の机が集められ、その上にコンピューターが数台背中合わせに置かれ、それぞれの画面を覗き込む人や、その脇で議論する人、机に腰かけて電話する人などで部屋は埋まり、肝腎のハリソン博士の姿が見つからない。そのうちチャン博士は、部屋に集まっている人たちが皆、大学の倫理委員会のメンバーであることに気がついた。そこで顔見知りの一人にハリソン博士の所在を尋ねてみた。

「明日、記者発表をするかもしれないから、その準備をしてるんだと思う。ネズミのいる無菌室かもしれない」と、その人は早口で答えた。

無菌室は、ハリソン博士の研究室よりさらに建物の奥にある。チャン博士は部屋から出ようとした所で、ハリソン博士とぶつかりそうになった。

「ああ、マギー！」と言った彼の目は、涙で光っていた。

「どうしました？」とチャン博士は訊いた。

「ピーターが死んだ」ハリソン博士は、つぶれたような声で言った。

そして、人のいない廊下の隅にチャン博士を呼んで、手短に経緯を語った。

「ピーターは言葉のようなものを話していた。内容は今解析中だ。普通のネズミの声よりもはるかに複雑で、多くのパターンをもった超音波だった。それを私にだけでなく、助手のジョージの前でも話していた。それが我々に聴こえないということが、ピーターには分からなかった」

こう言ってから、博士は大きく息を吸い、天井を見上げた。

「我々はとんでもないことをした。人間をネズミの中に閉じ込め、そして殺してしまったんだ」

# 変色

二〇二八年九月十六日の午後二時すぎに、安西光男は二十八歳の若さで他界した。

私は、「安西光彩」として知られるこの若き天才画家の数少ない友人の一人として、故人の遺志により、葬儀後の身辺整理と約二二〇点にのぼる遺作の管理と売却を行うことになった。美術に関しては素人である私にとって、正直言ってこの仕事は荷が重かったので、知人の、信頼できる画商にそのすべてを任せることにした。

友人であり、かつ物書きである自分には、彼のためにもっと別な仕事があると私は感じていた。その思いは、故人の遺品の中に日記帳があるのを発見し、そこに書かれた新事実を知ったことで、さらに深まった。私は彼の友人でありながら、このように大切なことに気づかず、彼の悩みを感じ取れなかった自分の不明と鈍感を恥じた。が、それと同時に、この稀有な芸術家がなぜ、美術に疎（うと）い私に対して、死後の自分の身辺整理を頼んだかを了解したと思った。彼は、自分の日記を真っ先に私に読んでもらい、そこに書かれた事実を通して社会への警告を発してほしかったに違いない。

そういう信念のもとに、私は故人の秘密をあえてここで述べることにする。

◇

安西光彩は、二〇二〇年に『裃（かみしも）を着たサリダー』という鮮烈な色彩の不思議な作品で、画壇へ華々しくデビューしたことはあまりにも有名である。この五十号の作品は、黄金色の肌の男女が集団を組んで、それぞれが薄い緑やレモンや橙色の混じった繊細な色の、しかし腰のある四角形の布地を背に着け、それを凧のようにピンと拡げて空中を飛翔する姿を描いている。こういう説明では、何かSFかアニメ作品の一シーンのような印象を与えるかもしれないが、この絵のもつ不思議な色の組み合わせと、構図の意外さ、細部の鮮明さを目の前にすると、見る人は清涼感の中にも、絵中の群像の迫りくる存在感に驚かされるのである。

まあ、この作品についての一般的評価はこんなもので、彼はその後の数々の作品によって「色の魔術師」と呼ばれるようになった。実は、この作品の「オリジナル」が別にあることを私は前から知っていた。「オリジナル」という言葉が正確かどうか分からないが、ほとんど同じ構図でまったく異なる配色の五十号の作品を、私は二〇一九年の秋に安西の家で見ていたのである。そして、その色彩が何ともいえない不快感を醸し出すことを彼に訴えた。ところが安西は、私の訴えをよく理解しない様子なので、自分とは色の感覚が違うと思ったことをよく覚えている。

私が、この九年前のやりとりの意味をもっとよく考えていたならば、安西が抱えていた「色覚異常」という問題にもっと早く気がついたかもしれない。しかし、当時の私は、安西がその絵の色を変えて一流の美術展に出品したことを、入賞が決まった後に、展覧会場で初めて知ったのだ。その後、彼は画壇の売れっ子として多忙になり、私はまもなく就職した後、東京を離れて札幌へ転勤し、そこで家庭をもった。だから、彼とは以前のような一対一の、腹を割った付き合いができなくなっていた。

『サリダー』の絵より前にも、私が安西の心の秘密に気づくべき機会は何回かあった。その一つは、大学一年の夏、構内の書籍売場で美術雑誌を見ていた彼が、あるフランス人画家の描いた女性ポートレートを指差しながら、こう言ったのである。

「こういう女性が僕の理想だなぁ」

その女性は、コバルトブルーの絵具を薄く溶いたような青白い顔の中に、赤茶色の瞳が光り、その下で緑色の唇が艶やかに突き出していた。

「こんな死人みたいな女のどこが？」と、私は気味悪がって言ったものである。すると安西は、「この顔はどこも死んじゃいない……」とポツリと言った。

安西の普通でない色彩感覚は、服装の上にも表れていた。それは、普通の日本人があまり使わない大胆な色の組み合わせ（例えば、水色のワイシャツに緋色のネクタイ）や、同系色の繊細な組み合わせなどで、学生仲間は、そういう彼の服装を「ミスマッチの色」とか「変わった色」と呼んでいた。安西自身は、そう言われることを結構気にしていたようだ。

『サリダー』の第一作を仕上げてから、それを修正して第二作を出品するまでの間に、安西の人生に何かが起こったようだ。私はそのことを、彼の遺した作品群を見て感じた。彼のアトリエに残っていた作品のほとんどは、『サリダー』の場合と同じように、すでに展覧会に出品したり、雑誌に発表して知られている別の作品の〝色違いのコピー〟とも言うべきものだった。

これはなぜだろうか、と私は考えた。『サリダー』の場合は、私が批判したことで彼が色使いを変えたと考えられるから、それ以降の作品も、同じような過程で作られた可能性がある。つまり、安西光彩という画家は、作品をまず一枚描くと、それと瓜二つの構図で、別の色調の作品を別にもう一枚描き、この後の方の作品を発表していたと思われる。これは、遺品となった未発表の〃第一作〃と思われる絵のほとんどが、(これまた『サリダー』の時と同じように)「気味の悪い」「不快な」あるいは「奇妙な」感じの色調で描かれていることから考えた、私の推論である。

安西がなぜ、色違いの作品を二枚描いたかという理由は、彼の日記を読むまで私には分からなかった。その謎を解いてくれたのが、私のことに触れた二〇一九年十一月の彼の日記だった。

十一月十八日——斎藤に『サリダー』の絵を酷評された。色の組み合わせをずいぶん気味悪がっていた。この「色」の問題を解決しなければ、自分の絵は普通の人の賛同を得られないかもしれない。つらいことだ。色を変えれば、自分の表現したいものが表現できなくなるかもしれない。

安西は日記を毎日ではなく、週に二、三日のペースでつけていた。また、旅行などへ行った際は、一週間も日記帳が空白になっていることがある一方で、行った先々での取材メモのようなものが、毎日書き継がれている場合もある。この「十一月十八日」の日記では、彼が自分の色彩感覚に「問題」があることを自覚していることが分かる。しかし、芸術家である彼としては、「普通でない」というような外的な理由で自分の内的表現を変えることはできない。だから「つらい」のである。

この三日後の日記には、紅葉について興味ある記載がある。

十一月二十一日――「紅葉が美しい」という人々の常識を長らく容認してきたが、今日は紅葉の写真をパソコンに取り込んで、その色彩を反転して楽しんだ。いわゆる「ネガ」の状態にするのだが、これだと明が暗に、暖色が寒色に一気に変わってしまう。そこからさらに色を変化させ、普通の目で見て明るいところを明るく、暗いところを暗く修正するのがいい。

この「異質さ」をパソコンで楽しんでいる間は、安西はまだ幸せだったろう。が、その翌月に、彼はその異質さの原因を突然知ることになる。彼は殊勝にも献血をする気になり、その際、自分の血液の遺伝子検査を依頼したのだ。その理由について日記は詳しく語っていないが、十二月十三日の記述には「結婚を決める参考にもなると思い、遺伝子検査を依頼」とだけある。詳しい遺伝子検査の結果は、十日後に出る。

十二月二十三日——遺伝子検査の結果が分かり、「一部組み換え遺伝子有り」と言われた。間違いかと思ってセンターに電話したら、「現在のコンピューターの正答率は九七パーセント以上です」という答え。驚いて母親に電話する。母は言葉につまった後、「あんたは普通にできた子じゃなくて、特別な方法で産まれたのよ」と言った。よく聞いてみると、なんでも「卵子の若返り」と称して、若い女の人の卵子の細胞質と母親の卵子の細胞核を混ぜてから、父親の精子を受精させるらしい。初耳だったし、ショックだった。

生物の遺伝子のほとんどは細胞の「核」の中にあるが、細胞質とは、細胞内の核でない部分を指す。そこにもわずかだが「ミトコンドリア遺伝子」という遺伝子が存在する。ということは、この方法で生まれる子は、父母に加えて卵子提供者の三人から遺伝子を受け継ぐことになる。一種の遺伝子組み換えである。

安西は、私と同じ二〇〇〇年生まれの「ミレニアム・ベビー」だ。母親が四十代の時に生まれた子と聞いていたから、不妊治療を受けたのだろう。我々が生まれた頃のアメリカでは、この〝卵子の若返り〟という方法ですでに二、三十人ほどの子が生まれていたらしい。日本でこの方法が行われるようになったのは二〇〇三年ごろからだから、安西の母親は、それ以前に渡米してこの不妊治療を受けたに違いない。

安西はこの事実を知って後、自分の色彩感覚の問題は、母親の不妊治療に原因があると考えるようになった。翌二〇二〇年の正月には、こんな決意文を綴っている。

一月三日――色の感覚が遺伝子に原因があるとしたら、芸術とは一体何だ？　自分の色感覚が普通でないのは、個性が豊かなのではなく、単に遺伝子の一部が普通でないからにすぎない。その遺伝子は、両親からの遺産というよりは、医師の気まぐれの産物ではないか。そんなものから生じる色感覚にこだわることが、芸術であるはずがない。それは個性の開花ではなく、遺伝子への隷属だ。これからは、自分の遺伝子を超えた芸術表現を目指すつもりだ。

「遺伝子を超えた芸術表現」とは何を意味するのか定かでないが、そのあとの日記を読んでいくと、安西は自分が「美しい」と感じるものを一度疑い、それを超えた美を表現しようとしたことが分かる。彼の絵の制作過程にこれを当てはめると、彼はまず正直に自分の色彩感覚に訴える絵を描いてから、それとまったく同じ構図で、まったく違う色調の別の絵を描いたのだ。それがどのようにして達成されたのかは、日記には詳しくない。たぶん文章に表せないからだろう。が、達成が困難だった様子は随所に記されている。そのごく一部を掲げると……

二〇二四年七月十八日――自分の目で見て納得のいかない色調を絵に導入する作業など、ほとんど不可能だ。色を機械的に反転しても、気分が反転するだけだ。それは自分が反転しただけで、自分の色調を「超える」ことにはならない。「遺伝子の産物」が「遺伝子の否定の産物」に変わったにすぎない。遺伝子の呪縛を解いて歩き出さねばならない。

二〇二六年八月十五日――戦争の惨禍は「赤」や「黄」「橙」などで表現されてきたが、自分は「青」や「緑」や「白」を感じる。どちらが本当かといえば、どちらも本当だ。前者は「血」や「炎」や「閃光」などの外面を暗示するが、後者は「虚無」「死」「別離」などを示す内面の色だ。が、それだけでは、自分の色調を超えてはいない。「豪華絢爛たる死」や、「極彩色の虚無」などを描けるまで、まだ遠い道のりだ。

こういう文章に接すると、専門外のことではあるが、私は思わず立ち止まって考えてしまう。安西は不可能を目指していたのではないか……と。色とは、万人共通の符号ではないか。暖色は、どんな人間が見ても暖かく感じ、寒色は誰が見ても涼しさを感じるはずだ。それは、長調の音楽が誰にも明るく、短調の音楽が誰にも物悲しく聞こえるのと同じだ。そういう自分が感じたままの印象を疑いだした芸術家が、はたして芸術活動を続けられるだろうか？　自分が長調だと信じて作った曲が、他人には短調として感じられるとしたら、作曲家はどうやって自分の音楽を表現できるだろうか？　にもかかわらず、安西は『サリダー』に続く二百数十点の作品を、自分の感覚を疑いながら生み出し、しかも「色の魔術師」として成功していた。犠牲を伴わないはずがなかった。

私が彼の手紙を受け取って、札幌から東京・阿佐ヶ谷の彼のアトリエへ駆けつけた時、イーゼルの上にはまだ油の乾かない、真っ赤なトリカブトの絵が置かれていた。死因は、その植物の根を使った服毒自殺だった。

# 良心

キャサリン・ロスは最近、夫のフィリップが夜中に起き出して自分の書斎や居間でアルコールを飲んでいることに気がついていた。

研究熱心な夫のことだから、やりかけの仕事のことを考えていると目が冴えてしまい、睡眠薬代りにワインやバーボンを飲みたくなることは理解できた。彼女自身も研究者だったから、同じような不眠に悩まされた経験もあったし、今でも時々、ナイトキャップとしてキールのソーダ割りを飲むことがある。しかし、一週間近くも不眠が続くというのは異常だった。

「あなた、最近よく眠れないの?」

今朝、居間で夫にそう聞いたら、彼は充血した目を見せて「ああ、ちょっと仕事で難しい問題があってね……」とお茶を濁した。

キャサリンは心理学者だから、夫がその〝難しい問題〟について話したがっていないことはすぐ分かったが、また同時に睡眠薬代わりに酒を飲む毎日が続く危険も、よく知っていた。

「生物学者のあなたは、こんなこと百もご承知と思うけど……」と彼女は夫に気を遣いながら言った。「睡眠は自然がつくった最良の薬だわ。もし、アルコールなしに眠れるなら」

フィリップは、ソファに座ったまま眼鏡越しに妻の顔をチラリと見てから、「その通り。アルコールは人間がつくった最良の薬だ。もし、中毒にならなければね」と言って笑顔を作った。

キャサリンは、夫のつくり笑いの中に何か言いようのない悲しみのようなものを感じて、驚いた。彼女は次の言葉に詰まって、窓から居間の外を見た。

七月の南カリフォルニアの空は、抜けるように青かった。窓からは寝室の白い外壁が一部突き出して見えるが、その上に覗く赤い屋根と、鬱蒼とした椰子の葉の緑が、空の青さを引き立てていた。

「ねえ、次の週末にどこか山の中にでも行かない？」と彼女は話題を変えて言った。

「山の中、ね……」とフィリップは言い、少し考えてから「いいかもしれない」と答えた。

キャサリンとフィリップは、カリフォルニア大学サンタ・バーバラ校（ＵＣＳＢ）に勤める学者夫婦である。サンタ・バーバラ市はロサンゼルスの北西約一六〇キロにある人口十万の町で、家々の庭先には様々な種類の柑橘果樹が影を落とし、垣根には、赤や紫のブーゲンビレアが覆い被さるように咲き乱れる美しい町並みをしている。この垣根の間に埋もれるようにして、白壁と赤屋根に統一された家々が散在している。ここは、サンタ・バーバラ海峡から太平洋を望む温暖の地にあり、北側には海抜二千メートルのビッグ・パイン山を頂点とするサン・ラファエル山地が広がっているから、海山双方にすぐ手が届く位置にある。

こんなに自然に恵まれた明るい環境の中で、不眠症になるのは似つかわしくない、とキャサリンは思う。しかし、何かに取りつかれた研究者は、時々そんな状態に陥ることがある。彼女はそんな時、ビッグ・パイン山に登ったり、約四〇〇ヘクタールの広大なキャンパスの南端にある海洋バイオテクノロジー研究所の地下水槽で、自由に泳ぎまわる無数の魚たちを眺めたりする。すると、そういう自然の風光や生き物の只中で呼吸し、息づくもう一つの生物が自分であることを思い出し、一個の人間の心の中で起こることや頭で考えることは、自然の営みの中のごく一部であり、どんなに瑣末なことかが了解されるのである。こうして、「鬱」の気分から解放されることがよくあった。

しかし、夫のフィリップの場合は、専門は人間の心のことではなく生物学であり、しかも極小のウイルスや細菌を扱うマイクロ・バイオロジーだったから、自然に対する感じ方はまた違っているのかもしれない、と彼女は思う。

「大きな生物や広大な環境は、気分転換になるかと思って……」と、キャサリンは夫の方に振り返って言った。

「ありがとう、キャッシー」とフィリップは言った。「君がそばにいてくれることが、どれだけ僕の支えになっているか分からない」

彼はソファから立ち上がり、キャサリンの方へ歩を進めると、大きく腕を開いて彼女を抱きしめた。彼女もそれに応えて、腕に力を入れた。

「まずいものを作ってしまった」

ポツリと夫が言った言葉を、彼女は夫からゆっくり身を離して言った。

「何が起こったの?」と、彼女は聞き逃さなかった。

夫の専門であるマイクロ・バイオロジーの分野では、五年ほど前からウイルスの合成が可能になっていた。これは、二〇〇二年の夏、ニューヨーク州立大学の研究者が小児マヒのウイルスと同等のものを非生物から合成して作ったことを、その作成法と共にインターネット上で発表したことに端を発している。当時のアメリカは〝テロとの戦い〟を宣言し、各国の協力を得てテロリストの掃討作戦を行なっていたから、テロリスト側が報復として天然痘ウイルスなどを生物兵器として使う危険性が心配されていた。そんな時に「ウイルスの作り方」を公表したことで、この研究者は非難されたが、その後のアメリカのイラク攻撃によって、テロリストが実際にウイルスを兵器として使ったため、状況は一変した。

敵を倒すためには敵の兵器を知悉する必要がある——こういう理由で、ウイルスの人工合成はアメリカでは「国家防衛上の急務」となり、それにならってヨーロッパや日本、ロシア、中国などがウイルスの人工合成を進めるようになった。それから五年たった今日、人間の手で合成できるウイルスの数は十指を越えようとしていた。もちろん、これにともなって防衛用のワクチンも開発されているが、コンピューター・ウイルスと同様に、ワクチンは常にウイルス開発の後追いをしなければならない状況にあった。

キャサリンの夫、フィリップ・ロスは、ＵＣＳＢで人に後天性免疫不全症候群を引き起こすウイルスの研究をしている。いわゆる〃エイズウイルス〃の研究である。このウイルスの遺伝子構造はもうずいぶん前から分かっていたから、これを人工合成することは大して難しくなかった。が、これは兵器開発のためではない。エイズは感染してから発病まで最低で二～三ヵ月かかり、しかも急性の症状はほとんどない。だから、短時間での殺傷を目的とする生物兵器としての価値はあまりない。

フィリップの研究は、アフリカを中心として増え続けるエイズ患者の治療と発症の抑制が目的だった。ところが、彼は自分で合成したエイズウイルスの遺伝子操作をしているうちに、増殖力が旺盛な変異型ウイルスを作ってしまった。従来型のウイルスは、人間とチンパンジーの体内でしか増殖できなかったが、新種のウイルスはそれ以外の動物の中でも増え続けることが分かったのだ。

――こういう話を、フィリップは難しい専門用語を交え、思いつめた表情で妻に語った。

夫が一息入れた時、キャサリンは静かに聞いた。

「そのウイルスは、普通の動物にも感染するってこと？」

「動物が発症するかどうかは分からない」と、フィリップは床に目を落として言った。「でも、マラリアのように、患者の血を吸った蚊によって媒介される可能性は十分ある」

キャサリンは、その言葉の意味を考えた。かつてアフリカ原産の西ナイル・ウイルスがアメリカに伝播したときは、感染者から蚊によって運ばれ、全国で死者が出た。すでに世界各国に感染者が多いエイズが、これからは輸血や性行為によるだけでなく、蚊に刺されることでも伝染するのであれば、それは人類存亡の危機を意味しているのではないか。

「それじゃあ、そんなウイルスはすぐに廃棄するか、あるいは絶滅させればいいんでしょう？」と、キャサリンは肩をすくめて言った。簡単なことだと思った。

「そうしたいが、大学や軍が簡単に許すかどうか……」と、フィリップは暗い表情で言った。

キャサリンはその時、夫が何を悩んでいるのか理解できたと思った。大学での研究の多くは、州政府や連邦政府からの援助によって成り立っている。もちろん私企業がスポンサーになることもあるが、軍事技術に関係する研究は軍が資金の大半を出す場合が多い。ウイルスの人工合成は、すでに軍事技術の一部と見なされるようになっている。だから夫の研究の大部分は軍事機密に属し、その成果は個人が自由に発表したり、隠したり、廃棄したりすることはできないに違いない。恐らく研究開始の時点で、軍との契約が結ばれ、それによって彼は法的に拘束されている。もしかしたら新合成のウイルスは、契約で軍の所有になっているかもしれないのだ。

「法的な問題をぬきにしても」と、フィリップは再びソファに体を預けながら言った。「こういう簡単な方法でエイズウイルスの感染力が強まるなら、我々が新種を開発しなくても、どこか別の国が遅かれ早かれそれをやるだろう。その場合、先に開発している方が有利だ。防護法の研究もできるし、有効なワクチンを作れるかもしれない。だから、開発した新種ウイルスがたとえ危険なものであっても、それを廃棄する理由はないとも言えるんだ」

「まるで冷戦時代の軍拡競争みたいね」とキャサリンは溜息をついた。「私たちは危険な核兵器を廃棄するのではなく、どんどん貯め込んでいった……」

「よく似ている」とフィリップもうなずいた。

「人類全体にとっては、それは大変不幸なことだわ」と言って、キャサリンはまた窓の外を見た。人間のやっていることは、やはりどこかがおかしい、と彼女は思った。夫を責めているのではなく、自分を含めた人間は皆、心の中に〝敵〟を想定することで自分を安全にするのではなく、逆に不安にし、不幸へと導いていくのだ。

「人類を選ぶか国を選ぶか、ということをよく考えずに、長いあいだ我々は兵器を開発してきた」とフィリップが言った。「核兵器の時代には、人類を犠牲にして国を選んだ。つまり、人類全体を恐怖に陥れることで国の利益を守ろうとした。しかし、生物・化学兵器の時代にはそれが通用しない。なぜなら、兵器を使うのは国家でない場合もあるからだ」

「敵はどこにでもいるということね？」とキャサリンは言った。

「〝どこにでも敵はいる〟と考える人の心が敵だ、とも言える」とフィリップが言った。

「あなたの方が心理学者だわ」と、驚いたようにキャサリンが言ったので、二人は顔を見合わせて笑った。

◇

それから一週間後、キャサリンとフィリップは連れ立ってオレゴン州のカスケード山脈を目指して旅に出た。

その前にフィリップは、軍と大学に対して自分のエイズウイルスの研究が失敗だったことを報告した。エイズウイルスの合成には成功したが、それをエイズの治療に役立てる研究は、この殺人ウイルスを〝暴走〟へと導く危険性が大きすぎるので、現段階では凍結すべきだ、という内容である。

この報告書は、きわめて評判が悪かった。大学側は、ウイルスの合成ができれば、その破壊の方法も見つけやすくなるし、人間に無害な変種を作って原種を駆逐する道も開けると指摘し、「ロス博士の結論は、重要な研究を中途で放棄するに等しく、無責任の極致である」と手厳しく批判した。また軍は、ロス博士の研究室のすべての設備と資料を差し押さえ、大学側に交代要員の早期選定を要請した。そしてロス博士個人に対しては、「国家機密隠匿と漏洩の容疑でＦＢＩに告発する用意がある」と脅しをかけてきた。

そのロス博士の報告書は、次のような文章で締めくくられていた：

「筆者はエイズウイルスの合成にはいたったが、この研究自体に意義を見出せなくなった。今日のように、わが国を含めた世界中に多くのエイズ患者がいる中では、ウイルスの人工合成は無意味である。また、合成ウイルスに原種以上の破壊力を与えた場合、その合成は人類の絶滅に寄与しても、大学や国家の利益には結びつかない。ウイルスの合成技術はいまだ不安定であり、合成ウイルスの性質を予測できる段階には至っていない。したがって現時点でエイズウイルスを合成することは、たとえ後天性免疫不全症候群の治療目的であっても、人類全体に大きな不利益をもたらす可能性が大きいため、厳しい罰則をともなった法律、ならびに国際条約によって禁じるべきと筆者は信じる。

そのような法的規制が存在しない今、規制は科学者や研究者の良心によって行う以外にない。この良心は、国家や研究機関の利害と一致しない場合があっても、第一に優先され、尊重されるべきと筆者は考える。

なお最後に、筆者の合成したエイズウイルスは、人の免疫細胞内で増殖中に装置の取扱いミスで滅失したことを付記する。筆者は、その責任を十分承知している」

フィリップ・ロス博士は、この報告書とともに辞表を大学に提出し受理された。こうして、ウイルスの増殖力を増す遺伝子操作の方法は、人類の知識の中に入ることが数年だけ延期された。

# 旅立ち

肌寒さを感じる平成二十一年の晩秋の夜、杉崎徹（とおる）は、恋人の東（あずま）美知子から部厚い手紙を受け取って、得体の知れない不安に襲われた。

それはＡ４判ほどの大きな封筒に入っていたから、彼のアパートの郵便受けの投入口にはそのまま入らず、二つ折りにされて、全体の三分の一以上が突き出して見えていた。仕事から帰宅した時、それを薄明かりの下で見た彼は、最初は折りたたんだ新聞が挿してあるのかと思った。が、近づいてみるとそれは普通の事務用の茶封筒であり、その裏には「美知子」という懐かしい手書き文字が、多少改まった感じにペンで書かれていた。徹はその文字を見て、胸が締めつけられる思いがした。この一ヵ月間、美知子に連絡をとろうとして、あらゆる手段を尽くしても適（かな）わなかった努力が、その三文字のおかげでやっと報われたと感じた。が、その一方で、封筒の部厚さに何か不吉な予感を覚えたのだった。

美知子の手紙には、こう書いてあった。

——最愛の人、徹さんへ

私が突然、あなたの前から姿を隠したことをどうか許して下さい。これは、あなたに会いたくなかったとか、別の人ができたとかいうのでは決してありません。心を焦がしてあなたと会っても決して結ばれないという苦しみが、私には堪えられなくなったからです。「結ばれない」などといっても、あなたはきっとピンと来ないでしょう。だって、つい数ヵ月前には結婚の話までしていた私たちなんですから。でも、事態が突然変わりました。私はそれを、あなたにすぐ言うべきかどうか迷いました。最初は、この残酷な事実を知らせて、二人の破局を誰の目にも明らかにするのではなく、何か別の理由で——たとえば、私があなたを裏切ったことにして——あなたの方から私を棄ててもらう手立てを考えたこともありました。でも、そんな不正直で、卑怯で、人の心をボロボロにするようなことをしてはいけない、と気がつきました。なぜなら、人間が一生のうちで真に偽りなく、自分の本心を話すことができる相手は、そんなに数が多くなく、今の時点では、それは私の父母や兄弟以上に、最愛の人、あなたであることに気がついたからです。

前置きが長くなってすみません。

ちょうど一年ぐらい前のことだったと思いますが、私があなたも遺伝子カードを持ってほしいと言ったのを覚えていますか？　あなたは冗談っぽく、「これでお互いにカード恋愛ができるネ」なんて言いましたが、私はそういう遺伝的相性や将来の遺伝病の予測などを気にしていたのではなく、母親の遺言を守ろうとしただけです。母は四十二歳のとき癌で死んだことは前にも話しましたが、その時、私宛ての手紙を残していたことは話しませんでした。その手紙には、結婚相手を選ぶ時は、相手の遺伝子と自分の遺伝子の比較を専門家に頼むように、と書いてありました。当時中学生だった私には、その意味がよく分からなかったので、父にそれを聞くと、父は難しい顔をして「よく分からないな……」と言うだけでした。

ところが大人になって、私があなたとつき合いだして一年ぐらいたったある日、父は真面目な顔をして、あなたとは結婚を考えてつき合っているのかと問い質(ただ)しました。その日は、あなたと北陸を旅行したすぐ後のことです。父には、陽子たちと一緒だと言ってありましたが、何か不自然なものを感じていたのかもしれません。私は父に、あなたとは結婚を考えて真剣につき合っていると答えました。すると父は、母の手紙のことを話しはじめたのです。

父にとっては、その話をするのはつらいことだったと思います。父は、母が手紙に書いた「遺伝子の比較」の話には、実はちゃんとした理由があると言うのです。なぜなら、私はAIDによって生まれた子だから、と言いました。ええと、日本語では「非配偶者間人工授精」とかいうんでしたっけ……つまり私は、父とは遺伝的なつながりがなく、母とだけつながっているというのです。私のショックは大きかったですが、同時に、長年の疑問が解けたように感じました。それは、私の容貌が父にあまり似ていないことです。小さい頃から、そのことが話題になると、父は必ず不愉快な顔をしました。また三年前に〝医療革命〟と称して「遺伝子カード」の制度ができてすぐに、父が私にカードを作らせた理由も理解できました。

世の中には、この制度の本来の目的とは別に、カードの情報をマッチさせて相手を探す

「カード交際」や「カード恋愛」を期待して、自分の遺伝子カードを安易に作る人もいますが、私はそんな用途に自分のカードを使う気は全くありませんでした。普通に生まれた人は、カードがなくても、両親の遺伝情報から自分に必要な情報を比較的簡単に割り出して、的確な医療を受けることができます。しかし、ＡＩＤや卵子提供、受精卵提供で生まれた人は、本人の遺伝子を直接調べないと医療面で的確な判断ができないので不利になるわけです。父はその点を考えてくれたのだと思います。

また、こういう人たち（自分もその一人ですが）は、少数の人の遺伝情報を共有しているので、お互いに遺伝的に近い場合があるという話でした。つまり、他人のように見えても親戚である場合もあるというのです。私があなたに遺伝子カードを作ってほしいと言ったのは、最終的にそういう確認が必要かもしれないと思ったからです。あの時私は、本当はあなたに「結婚してほしい」と言いたかったのです。

こんなことを今ごろ手紙で言うのはおかしいですね。でも、このカードをあなたが作ってくれたことを、私は今では悔やんでいます。これって、ずいぶん勝手な言い草ですね。でも、この口惜しい思いを、この不条理な結果を、私はどう表現したらいいか分かりません。父はむしろＡＩＤなんかには断乎反対して、私をこの世に誕生させなければよかったとさえ思います。

ああ、徹さん、人間って何のために生まれてくるのですか？　苦しんで、絶望するためなの。最愛の人にめぐり遭って、そして別れるために生まれるのですか？

母の遺言にしたがってあなたからカードを借り、区の遺伝情報センターへ持って行った私は、係の人に部屋へ呼ばれてこう言われました。

「お父さんが同じですね」

私は即座に「いいえ違います」と言いました。だって本当に違うんですから。少なくとも、私はその時点ではそう信じていました。でも、係の人はこう言うのです、「これは正確な情報です。お二人は父親が同じであるというのが遺伝子解析の結果です」と。私は「徹さんとは兄妹なんかじゃありません」と言いました。すると係員は「それでは、ＡＩＤとか受精卵の提供を受けられたんじゃありませんか？」と言いました。私は言葉を失いました。

徹さん、私はこの時、あなたに相談すればよかったのでしょうか？　自分だけでなく、あなたもＡＩＤか受精卵提供によって生まれたなんて、私からあなたに言うべきことでしょうか？　それともあなたは、この事実を知っていたのですか？　私は正直言って、自分に何が起こっているのかよく分かりませんでした。頭の中が真っ白になって、やたらに喉が渇いていました。人間のやることだから、遺伝子解析の結果も間違うことはあるだろうと考えました。あなたに話すのは、別の所でもう一度確認してからでも遅くないと思いました。父に相談しようとも思いました。あなたのご両親についても、いろんな疑問が湧きあがってきて、物事を順序立てて考えることができなくなっていました。

私が父と遺伝的につながっていないということだけでも、私の人生を変えてしまうほどの出来事だったのに、今度は、私の遺伝上の父親はあなたの遺伝上の父でもあると言われたのです。恋人としてつき合ってきた人が、実はお兄さんだったなんて、それを誰も知らなかったなんて！

徹さん、私は旅に出ています。

東京は、あなたとの思い出が多すぎて、何をしようとしてもあなたのことを考えてしまいます。会社には長期休暇を申請しました。自分にもあなたにも全く関係のない、知らない町へ行って、自分の人生を考えなおそうと思いました。私はなぜ、こんな目にあわなければいけないのでしょうか。二十歳を過ぎてから、自分が何者であるかが分からなくなるなんて、ずいぶんなことだと思いませんか。親というものは、自分が親であるというだけで、子の人生をめちゃくちゃにしてしまう権利があるのでしょうか？

真実だと思っていたあなたとの愛……あれは幻想なのですか？　間違った心なのですか？　兄を恋人のように愛してしまったのは、私が悪いのですか？　それとも、とんでもない「偶然」に襲われたのでしょうか？　これは、町を歩いている時に、自殺のために飛び降りてくる人と衝突するよりも稀な「事故」ではないでしょうか？　こういう事故は誰も悪くなくて、それに遭遇した私とあなたが単に不運だったのです。そんな稀な不運のために、人生で最も大切な選択を誤るような人間は、本当はこの世に生きている資格などないのかもしれない。これからどんなに努力し、誠意を尽くして人生を送っても、こんな不運な人間は決して報われることはない。こう思って、私は一度死ぬことを考えました。

その時、私はある人に遭いました。それは中国地方の山の中腹にある寺の前で、杉並木の真っ直ぐな幹をぼんやりと見上げていた時でした。よくお遍路さんが着るような白い装束を無造作に着た六十代のお婆さんが、目の前で私を優しく見つめていました。その人が、もし悩みごとがあるなら、それを聞かせてほしいと言うのです。私はこの人の顔が、なぜか母の顔のように見えました。そして、心の中のことをすべて打ち明けました。

するとその人は、「あんたは、なんて素晴らしい人生を生きているのかねえ！」と言って顔を輝かせるのです。私はあっけにとられて、その人の顔を見つめていました。「あんたのような稀な体験は、めったにできるものではないんだよ」とその人は言うのです。私は反論しました。「愛してはいけない人を愛するのが、どうして素晴らしいのですか？」すると、その人は言いました。「お兄さんを愛して、どうしていけないと思うの？　兄妹は愛し合うのが当然なんだよ」私は抵抗しました。「兄妹愛と恋愛は違います」でも、その人は言いました。「愛は、自分と相手との一体感なんだよ。その意味では、兄妹愛も恋愛も本質的には同じもの。ただ恋愛は、相手を自分のそばに取っておきたいと思うし、また、自分を相手に捧げたいと思うもんだからね。その強い牽引力さえ緩めれば、兄妹のような関係に自然になれるよ」私は「そんなこと、できません」と、その人に言いました。

すると、このお婆さん（仮に「Sさん」としておきます）は、こんな話をしてくれました。

Sさんは、自分がもらい子であることを十八歳になるまで知らなかったそうです。大学受験で戸籍謄本を取り寄せたときにそれを知り、衝撃が大きくて勉強に手がつかなくなり、結局、家を出て大阪で働くことになりました。養父母とは家出後二年ほど音信不通だったのですが、ある時手紙を書くと、返信の中に生みの親の連絡先が書かれていました。尋ねて行った裕福そうな家には初老の夫婦が住んでいましたが、Sさんの来訪には心を動かされたものの、きちんと養子縁組をしたのだからと言って、Sさんを迎え入れようとはしなかったそうです。でもSさんは、その実父母との短い会見の中で、自分と似た容貌のこの二人がいるから自分が今存在すると知り、また、この二人の生活を垣間見たことで、存在の基盤が広がったように感じたそうです。自分には四人の親がいるのだ、と。それ以来、養父母との関係はもとにもどり、〝本当の親〟というのは育ての親だと分かったそうです。

だから、AIDで生まれた私にも「二人の父」がいるというのです。また、もし〝本当の父〟がいるとしたら、それは遺伝上の父ではなく、育ての父であるはずだ、というのです。そして、あなたとのことについては、自分に兄がいると知っただけでも素晴らしいのに、その人と人間的に深いつながりが持てたことは有り難い経験だというのです。また、「恋人」

なら別れることがあっても、「兄」なら別れる必要もないのだから、二人の間の〝牽引力〟さえ弱まれば、前よりもずっと豊かな人生を送ることができるはずだ、と言うのでした。

徹さん、私はあなたにまだまだ強い牽引力を感じます。でも、これからはSさんの言うとおりにしてみようと思います。どうか「お兄さん」と呼ばせて下さい。会えば、牽引力が強まりそうです。だから、手紙を書くことを許して下さい。そして、できることなら、私の「妹」としての旅立ちを祝福し、応援して下さい。あなたの応援があれば、私はきっと何でもできます。

この手紙と一緒に、あなたの遺伝子カードをお返しします。

最愛の妹、美知子より

――東美知子の手紙の末尾には、鳥取県倉吉市の郵便局にある私書箱名が記されていた。

# 旅立ち2

東(あずま)美知子は、福吉町のスーパー「小室ストアー」のレジ・カウンターに、買い物客が並べる商品を機械に登録しながら時々、頭を横に振った。

美知子は、地元・鳥取産の生鮮食料品や関西の乾物などは興味をもって一瞥することはあるのだが、それは案外少なく、どこにでもある見慣れた日用品や加工品、菓子類が実に数多くあり、それが目の前に置かれることがつらかった。東京での思い出を吹っ切るつもりで、遠く山陰の町まで来た彼女だったが、過去を捨てることがいかに難しいかを、毎日のレジの仕事が教えてくれた。石鹸やシャンプー、化粧品、洗剤、クラッカー、ビスケット、ドライフルーツ、缶詰、調味料、冷凍食品……そういう品々の中に、杉崎徹(とおる)の好物や愛用品が混ざっていると、美知子は中空に目を泳がせて、肩にかかった豊かな髪を小刻みに揺するのだった。

美知子が倉吉市の小鴨川沿いの安アパートに引っ越してきて、もう二ヵ月がたとうとしていた。一ヵ月前に、徹に長文の手紙を書いたことで自分の気持を整理したつもりだったが、足かけ三年になる恋を、彼女はそう簡単に葬り去ることができなかった。徹からは二週間前に簡単な手紙が来ただけだった。美知子があれだけの思いを込めて書いた〝別れ〟の手紙に対して、「とにかく貴女の遺伝子カードを送ってほしい」というだけの内容だったのが、美知子には寂しかった。でも彼女は確信していた。徹は、二人のカードの情報を解析して、自分が手紙に書いたことが事実と相違ないと知ったならば、必ず手紙をくれる、と。そんな信念が自分の中にあると気づくと、美知子は、恋人を兄と思おうとする自分の試みは、本当は不可能ではないかという気がしてくるのだった。

この疑念は、しかし美知子にとって甘美で、魅惑的だった。不可能である方がどんなに嬉しいだろう。精一杯努力しても不可能なのであれば、いっそこの熱い思いに身を任せてしまおう——こんな考えが浮かんだり消えたりしながら、美知子の日常を蝕んでいた。

そんな時に、ついに美知子は徹から手紙を受け取った。速達便だった。

――愛する美知子へ

倉吉から送ってくれた貴女の手紙を読みました。

読んでからしばらく、何にも手がつきませんでした。何回も読み返しては、美知子の本心がどこにあるのかを考えました。何かの事情で僕と別れるために、奇想天外な口実を作ったのだと最初は考えました。それほど、貴女の手紙の内容は荒唐無稽に感じられました。

中でも、遺伝子カードから判明した僕の〝出生の事実〟というのをいちばん怪しみました。自分の遺伝上の父親が戸籍上の父親とは違うなんて、簡単には信じられません。さらに信じられなかったのは、ＡＩＤで生まれる人の数がいくら多いといっても、たまたま知り合った美知子と僕が二人ともＡＩＤによる子供で、しかもその精子提供者が同一人物であるということです。偶然にしては余りにもできすぎている。それが正直な実感でした。

二日ほどたってやっと冷静さがもどってきたので、僕は事態をできるだけ論理的に考えようと思いました。すべての可能性をリストアップし、それを一つずつ検証してつぶしていけば、きっと正しい結論に達するだろうと思いました。だから、その可能性の一つに、最初に書いた「口実」も含めていました。つまり、この遺伝子関係の話はすべてデタラメで、本当は美知子が僕と別れたいのだ、という可能性も考えました。だから、この間はあんな冷たい感じの返事を送ってしまいました。

とにかく美知子の遺伝子カードを手に入れて、僕自身の手で事実を確認したいと思ったのです。貴女はすぐにカードを送ってくれました。そのことだけで、僕は美知子の言ったことが本当だと感じました。でも、確認のためにセンターへ行きました。結果は、やはり貴女の言ったとおりでした。疑った僕をどうか許して下さい。とても容認しがたいことでしたが、次へ進まなければならないと思いました。

この事実があれば、親はきっと本当のことをもっと詳しく話すと思い、実家に帰って父に疑問をぶつけることにしました。結論から先に言うと、父は無精子症だったのです。僕は、そのことを話してくれた父の、苦渋に満ちた顔をよく覚えています。男にとって、子をつくれない体であることは恥ずべきことであるだけでなく、父親を同性の手本だと思っている息子にそれを告白するのは、ずいぶんつらかったろうと思います。それから、父はこう言いました。

「ぼくと母さんはよく話し合った。子ができず、養子などして双方の遺伝子が全く伝わらないよりも、どちらかの遺伝子が子に伝わる方がずっといい。それに、遺伝子が伝わるから子となるのではなく、愛情をかけて親子関係が成立することで子となるはずだ。そういう結論に達したんだ」

それならなぜ、もっと早く話してくれなかったのか、と僕は聞きました。困惑した顔で父は答えました。

「徹が小さい頃は、話しても分からないと思ったし、分かるようになったらなったで、ぼくらから離れていくことが恐かった」

父は、顔を紅潮させて目に涙を浮かべていました。

僕はその時、美知子とのことを父に話して、僕がＡＩＤの事実を知らなかったことでどんな悲しみを味わわねばならないかを言ってやろうと思いました。しかし父が、これまで見たことのないほど打ちのめされた様子なのを見て、思い止まりました。考えてみたら、ＡＩＤの事実を僕が知っていたとしても、美知子と出会い、恋愛関係になったかもしれないのです。

僕と父との問題は、これでいいのだと思います。息子と男親との間には、どこか他人のような空気があっても必ずしも異常ではないと思います。母との会話は、それほど緊張したものではありませんでした。僕が「父さんから、僕の生まれのことを聞いた」と言うと、母は一瞬顔色を変え、それから「そう。でも貴方、お父さんがどんなによくしてくれたか知ってるでしょう?」と心配そうに言いました。

「うん、わかってる」と僕は答えました。

でも、僕がその時考えていたのは、自分が父と似ていないということでした。今までにもそういう印象をもったことはあるのですが、父に似ないことは男として独立している証拠だなどと考えて、あまり気にしていなかったのに、ＡＩＤの事実を知ってからは、遺伝上の父親のことを想像している自分に気づくことがあります。

でも、僕はどこかの小説にあるように、遺伝上の父親を捜しに旅に出ようなどとは考えていません。そんなことより、僕にはもっと大切なことがあります。それは美知子、貴女のことです。

異母兄妹は、なぜ結ばれてはいけないのでしょうか?　もちろん僕も科学を志す者として、生物界に「性」が存在するのは、子孫の遺伝子を多様化させて、予期せぬ出来事に対する種族の抵抗力を維持するためであることは知っています。だから、近親者間の性は、生物学的にタブーとなっていて、そこからは子が生まれないような仕組みになっていたり、生まれても奇形や遺伝病が生じやすくなっているに違いありません。しかし、それは「人間」が関与する前の自然界の掟です。

人類の歴史は、技術や科学による自然への関与の歴史です。科学技術は、自然界の〝掟〟を発見し、人間が自らの生存のために利用することで、自然界のつくり上げた数々の障害を次々と克服してきました。人間はこれによって、自然が鳥や昆虫にしか与えていなかった「飛翔」の力を獲得し、鯨や魚貝類が独占していた水中での活動能力を獲得し、モグラや虫や菌類しか棲めなかった地中にも、街を造り上げてきました。

この同じ科学技術の力で、生殖能力の弱い（つまり、自然界が存続を嫌っている）栽培種の植物や、遺伝子組み換え作物が、地上では大いに繁栄しています。また、自然が不可能としてきた哺乳動物のクローニングは、畜産分野では今や常識化しています。この考え方を延長すれば、自然界が禁じてきた近親者間の結婚や、その子孫の繁栄も、人間がそれを希望すれば、いずれ実現するのではないでしょうか？

いや、それは技術的にはもう実現できます。近親者間の子に遺伝的な障害がよく現れるという問題は、着床前の遺伝子診断と遺伝子治療によって防ぐことができます。美知子も知っているとおり、今は体外受精によって受精卵を得、それを母胎に着床させる前に遺伝子検査をすることで、遺伝的欠陥のない子だけを妊娠する方法がほぼ確立しています。もちろん、血のつながっていない男女間の受精卵よりも、近親者間の受精卵には欠陥が多いかもしれません。が、それも人間の技術によって乗り越えられる時代になっているのです。

もし美知子が、そんなに無理をして異母兄妹間に子をつくる必要はないと考えるなら、僕らが生まれた方法で、僕らの子をつくることができます。そうです、ＡＩＤを行えばいいのです。ＡＩＤで生まれた子が、自分たちもＡＩＤで子をつくることに何のためらいが必要でしょうか？　美知子は、ＡＩＤで生まれたことを後悔していますか？　僕は後悔などしていません。僕の子には、僕の遺伝子を引き継いでほしいとは思いますが、それがその子にとって危険だというのなら、誰かの遺伝子と美知子の遺伝子によって僕の子が生まれることを、拒否するつもりはありません。

重要なのは、美知子と僕の愛が成就することです。それがあって初めて僕らの子が誕生するのであり、僕らの子が遺伝的に正常であるために僕らが結ばれたり、結ばれなかったりするのではないはずです。子のために親が結婚するのではなく、結婚した結果、子が生まれるのです。主客転倒は禁物です。

また、子の問題でリスクを冒したくないのならば、子をもたない結婚生活を選んでもいいと思います。今の時代、色々な理由からあえて子をもたずに幸福な生活を送っている夫婦はたくさんいます。また、昔からある「養子」の制度を利用することもできます。とにかく、僕たちは「第一のことを第一にする」べきではないでしょうか。その「第一のこと」とは、もちろん二人が愛し合っているという事実です。

美知子、貴女は僕らの愛を「兄妹の愛」に変えればいいと言いますが、それは本心を偽ることにならないでしょうか？　自分にウソをついて生きることほど、愚かなことはないと思いませんか？　僕には、そんなことはできません。僕は、美知子を一人の女性として愛しているのであり、妹として愛しているのではありません。妹というものは、そばにいれば楽しいし、それなりに意味のある人間関係を結ぶことができますが、いずれ離れ離れに生きていく関係です。そういう関係になりたいということは「いずれ別れたい」と言っているのと同じです。しかも、これからは互いに会わずに、手紙のやりとりだけで兄妹関係を続けていくなどと言うのは、「恋人としてはすぐ別れたい」と言っているのと同じです。

僕は、美知子の愛がその程度のものだったとは決して思いません。遺伝的に僕と異母兄妹であるというだけの理由で、貴女が僕との愛を否定できるはずがないと思います。遺伝子の配列が僕とよく似ているという物質的な理由だけで、これまで二人で築き上げてきた精神的資産と愛とを、貴女は放棄できるはずがない。第一、貴女自身が、僕に対して「まだまだ強い牽引力を感じます」と書いているのです。その正直な心を否定しないで下さい。

美知子、一度会っただけの六十代のお婆さんの言うことなどに従わないで、どうか自分の本心に従って下さい。自然の力の下では人間は無力だと考えていたのは、二十世紀までの話です。二十一世紀は、人間が自然を支配するのです。僕らの愛が、自然界の禁忌を乗り越えることに、躊躇する必要はありません。

僕は今度の週末に倉吉市に行きます。貴女が私書箱の住所しか教えてくれないのは、僕が来ることを警戒してのことだと思いますが、僕たちは会って話をしなければなりません。

どうか会って下さい。僕たちの両親が、僕たちの知らないところで行なった生殖医療によって、僕たちの愛が否定され、僕たちの運命が支配されることなど、あってはならないことです。それでは、封建時代と同じです。僕たちは何も悪いことなどしていない。だから、何かに罰されたみたいに、愛が引き裂かれることなどあってはならないのです。

土曜日の晩には、倉吉シティホテルにいます。連絡を待ってます。

杉崎 徹

東美知子は、自分のアパートの一室で目を赤くして徹の手紙から顔を上げた。徹は二日後に来る。会えば、決意が崩壊しそうだった。「自然を越えよう」という徹の訴えは、彼女には「自分を越えろ」という要求のように聞こえた。美知子は、結婚とは自分を越えることだと思った。

# 飛翔

磨き上げられた板張りのスタジオの大鏡の前で息を弾ませながら、本川瑛美はバレエシューズの爪先を立てて、鏡の奥に映る新緑の窓外を眩しげに見つめていた。つい十分ほど前には、この広い空間の中を三、四十人の若い男女が床を蹴り、肢体を躍らせてバレエの練習に汗を流していたのが、まるで嘘のように静かだった。特に、体育館のように高い天井の薄暗がりからは、静寂が覆いかぶさってくるように感じられた。

二時間の午後のレッスンが終わり、ほかのメンバーは皆帰ったが、瑛美はまだ踊り足りなかった。あたりの静けさにもかかわらず、彼女の頭の中では、澄んだハープの伴奏を背景にしたソプラノの声が、メンデルスゾーンの歌曲『歌の翼に』をかなで続けていた。それに合わせるように、瑛美は自分の首をかしげ、膝でリズムをとり、スラリと伸びた両腕を翼のように揺らしてみる。全身を自分の意のままに動かすこの感覚が、十八歳の彼女は大好きだった。それは、何にもまして彼女に生の充足感を与えてくれるのだった。

瑛美は、自分だけの練習のためにスタジオをあと三十分借りられるように、教師の根津サブリナに頼んであった。この三十分をフルに活用しなくてはならない、と瑛美は思っていた。だが、この特別練習の間は大好きな音楽も鳴らさないことになっていた。「できるだけ目立たないように」というのが、サブリナのアドバイスだった。だから瑛美は、頭の中に音楽を再現しながら練習するほかはない。当初はそれがなかなかうまくいかなかったが、最近では、声を出さずに口と舌を大きく動かすことで、頭の中に音楽を響かせる方法を習得しつつあった。本当に歌を唄うつもりになれば、音楽が自然に聞こえてくるのである。この新しい技を、瑛美はまだ誰にも話していなかった。

今も彼女はその〝脳内演奏〟を聞きながら、鏡に向かっていた体を爪先立ちのままクルリと半回転させ、開きかけのカサのように両手を下に垂らすと、次の瞬間には、両腕を鳥の翼のように滑らかに頭上に振り上げて止めた。このツルを思わせるポーズから三歩前へ進み、四歩目で高く跳躍するのが、瑛美の昨今の課題だった。鳥の飛翔を表現するための練習だが、これはスタジオに大勢がいる時にやることはできなかった。人にぶつかる危険があるというだけでなく、これは一種の〝秘事〟だったからだ。

瑛美は、優に二メートルの高さを跳ぶ。もちろん、そんな跳躍力は努力なしに手に入れられるものではないが、その一方で、何か先天的な〝素質〟のようなものがなければ、努力だけで獲得できるものでもない。だが、教師のサブリナ以外は、スタジオのメンバーの誰もこのことを知らなかった。「知らせないように」というのがサブリナの注意深い助言だった。

瑛美の記憶によると、幼稚園に入園してまもない頃から、彼女は自分に特別な能力があることを感じるようになっていた。

登園した園児は、親と別れて園庭に集まり、そこで歌を唄ったり体を動かしたりの、団体行動の練習をする。そんな時、飛び跳ねる園児たちの中で、瑛美の体の動きはひときわ目立った。瑛美は、自分が跳ねると、同じように跳ねている他の〝お友達〟の頭が、自分の胸のあたりに来るのが不思議だった。「みんなもっと高く跳べばいいのに。そうすればもっと楽しいのに」と思いながら、瑛美は他の園児が動きをやめても一人で飛び跳ねているこれた。
とがあった。そして時々、「エイミーちゃん、もう跳ぶのはおしまいよ！」と先生に注意さ

園庭にある太いサクラの木に登れたのは、瑛美だけだった。男の子が真似をして登ろうとしても、幹が二股に分かれている所まで園児の手は届かなかった。瑛美は、その木の股へ跳びついて手を掛け、両腕と脚の力で登ってしまった。

「エイミーはサルだ」

「おサルのエイミー！」

登れない男の子たちは、口惜しがってはやし立てた。

小学生になると、瑛美は縄跳びに熱中した。これは学校全体の競技会があり、彼女は毎回のように優勝した。五、六年の上級生に対抗しても負けなかった。二重跳びはもちろん三重跳びや、時には四重跳びまでやって上級生の肝を冷やした。そして高学年になると、両親の勧めにしたがってバレエを習い始めたのだった。

両親は、瑛美の運動能力の高さに目を細めて喜んだが、「期待通りだ」というような表情でうなずくだけで、大げさに誉めたり、驚いた様子をあまり見せなかった。瑛美はある時、

そのことを不満がって母に言ったことがある。

「どうしてママたちは、私が縄跳びで優勝しても驚かないの？」

すると母親の代わりに父親が答えた。

「パパたちは、エイミーがもっと色んなことができるのを知っているんだ」

「どうして？」と瑛美が聞くと、今度は母親が答えた。

「それは、パパもママも運動選手だったからよ」

事実、瑛美の父親は高校、大学と陸上の選手で、社会人になるとよく登山に出かけた。母親は学生時代に長距離ランナーで、今でも市民マラソンなどに出場する。そういう両親の子が、運動が得意であるのは当然だろう、と瑛美はその説明に納得していた。

納得できなくなったのは、高校に進学してからだった。瑛美は一六五センチという標準的な身長なのに、ハードル跳びをやると、ハードルとハードルの間の距離が短すぎて危険を感じた。バスケットボールでは、ゴールのリングに楽に手が届きそうだった。テニスでは、彼女のサーブを誰も打ち返せないことが分かった。瑛美は、その頃までには運動で「手加減する」ことを覚えていたから、ハードルを二ついっぺんに跳び越えたり、ダンクシュートしたりすることは控えたが、やろうと思ったらやれる自分を不気味に感じた。

「私の体、どうなってるのかしら?」

ある日、瑛美はたまりかねて母親に胸の内を話した。母親はまた、自分と夫の運動好きのことを話そうとしたが、瑛美が自分の筋力がどれほど標準を超えているかを示して理論的に反論すると、下を向いて黙ってしまった。やがて母親は顔を上げると、じっと瑛美の目を見ながら、「お父さんと一緒の時に、あなたに話したいことがあるわ」と言った。

高校の体育祭を一週間後に控えたある秋の夕べに、父母が話してくれたことは、瑛美を複雑な気持にさせた。

彼女には、筋肉の力を増すための遺伝子改変が行われているというのだった。それは「GE」(genetic enhancement)と呼ばれる新しい遺伝子操作の技術で、日本ではまだ認められていない方法だった。日本では、「CGA」(cosmetic genetic alteration)という美容用に限られた遺伝子改変が二〇一〇年代から行われていて、これについては瑛美も聞いたことがあった。芸能人の"二世"や"三世"の中に、それによって生まれた人がいて、彼らの日本人離れした風貌がスクリーンや雑誌のページを飾っていた。世間ではCGAを日本読みにして、彼らのことを「シーガ」と呼んでいた。シーガは、高価でリスクをともなう生殖医療だったたから、高額所得者だけがこれを行うことができた。だから「あの女優はシーガだから……」と言えば、その言葉の背後には羨望の思いが込められていた。

ＣＧＡが人間の遺伝子改変では〝第一世代〟の技術であるとしたら、ＧＥは〝第二世代〟の技術だった。ＣＧＡはその名の通り、美容（cosmetic）を目的とした遺伝子改変だった。つまり、純粋に「見かけ」や「外貌」を変えるだけで、人間の〝中身〟に関係する「能力」や「力量」に影響を与えてはいけないことになっていた。ところが、第二世代の遺伝子改変では、〝親の権利〟の一つとしてそれが許容されることになった。だから、この新しい技術は日本語では「遺伝子強化」と呼ぶことができるだろう。

瑛美の体に行われていた「筋力強化」のための遺伝子改変は、コメツキムシの遺伝情報の中から取り出した「跳躍」を極大にする遺伝子を組み込んだものだという。運動家の瑛美の両親は、二人とも選手生活が長く、また晩婚だったこともあり、結婚後になかなか子供ができず、不妊治療の世話になっていた。そんな関係から、日本ではまだ許されていない体外受精による遺伝子強化が、イギリスでは可能だと知ることになった。そこで瑛美の両親は、苦労の末に生まれてくる子には、苦労せずに成功する道を用意してあげるべきだという結論に達したというのだ。

瑛美は、そういう両親の愛情をありがたく感じたが、同時に、自分の人生には予めレールが敷かれているような気がして、不満だった。筋力の強さを自分の「素質」だと誇りに思っていたのが、何か外から付け加えられた「添加物」のようなものに感じられた。別の素質があったかもしれない自分に、両親が勝手に型をはめた、とも感じた。そういう両親への抗議のつもりで、瑛美は、自分の出生時の秘密を知ってから一年ほど、バレエの練習には行かなくなった。しかし、幼い時から慣れ親しんできた「体を動かす」ことの喜びを放棄することはできず、十七歳からまた練習を始めた。その際、両親の勧めもあって、バレエの教師を替えることにしたのである。

両親が勧めてくれた教師が、根津サブリナだった。彼女は澄んだ青い目と豊かな金髪をもった三十代前半の美しい女性だった。その名前と容貌から、瑛美はサブリナが白人との混血かと思ったが、実はシーガだった。両親はそのことを知って、瑛美の教師になることをサブリナに頼み込んだのだった。遺伝子改変によって生まれた人々は、社会から差別される傾向があった。もちろん「公然」の差別は法律で禁じられていたが、嫉妬の混じった「隠然」たる差別が有形無形で行われていた。そういう経験をした教師であるからこそ、同じ境遇に置かれるかもしれない一人娘に、バレエ以外の面でも指導してもらえるに違いない——こういう親心が瑛美には分かった。

遺伝子強化によって生まれた人々がすでに数多く存在する欧米では、社会からの不当な扱いに堪えかねて自殺したり、精神障害に陥る人たちのことが時々報道されていた。また この種の差別に対抗して、遺伝子強化をした人たちの人権を護る運動も彼の地では始まっていた。

◇

本川瑛美は、根津サブリナのバレエ・スタジオで三十分の特別練習を一人で始めていた。この新しいスタジオを彼女は気に入っていた。床に張られた板の弾力が、自分の跳躍によく合っていると感じていた。もう教室へ通いだして半年になるが、瑛美が「根津先生」と呼んでいるサブリナは、大人数でのレッスンが終わると一息入れてから、瑛美のレッスンを見てくれるのだった。

瑛美は、大きく口を動かしてツルのようなポーズをとり、跳躍の練習を始めた。メンデルスゾーンの『歌の翼に』では、伸びやかなソプラノの高音の背後でハープがリズムをとっている。それに合わせながら瑛美の両腕は翼が羽ばたく動きを繰り返しつつ、誰の予測もつかない瞬間に、わずかな助走だけで飛翔するのだった。その動きがいちばん難しい。しかも、これを今は音楽なしにやらねばならなかった。瑛美が口を動かすのは、そのための〝脳内演奏〟を始動させるためだった。

瑛美は、両腕を広げた姿勢から、一、二、三歩と軽快なステップを踏む。三歩目で彼女の体は低く沈んだかと思うと、両腕を翼のように二回羽ばたかせながら、天井に向かって舞い上がった。

二メートル跳ぶのに一秒かからなかったが、白いレオタード姿の彼女が両腕を大きく二回掻いて跳躍する姿を下から見上げると、二秒間も滞空しているように錯覚する。動きがダイナミックだからだ。しかし、この大きな動作のために、瑛美は空中でバランスを崩すことがまだあった。彼女は、利き腕の右の方が左より強かったから、体が左に傾きやすい。

もう一つの課題は、着地である。瑛美は、この跳躍の練習をするのに床にマットを敷いていた。二メートルからの落下は、足腰に相当な負担がかかるからだ。しかし、本番ではマットを敷くわけにいかないから、この衝撃に耐えるような足腰を早く作らなければならなかった。

「タン、タン、ターン、タタ」というリズムを〝脳内演奏〟で再現しながら、瑛美はまた両腕で羽ばたいて舞い上がり、マットの上に着地した。この音楽再現法のことを、今日は根津先生に話してみよう、と彼女は思った。五、六回跳躍を繰り返しただろうか。この日はマットへの着地がうまくいっていると感じた瑛美は、次にマットのない方向に体を向けた。根津先生はまだ来ないけれど、自分一人でもやれると思った。そして、大きく口を動かしながら「タン、タン、ターン、タタ」と空中に舞うためのステップを踏み出した。

彼女はその方向に、前の練習で誰かが落とした汗の雫が何滴も残っていることに気がつかなかった。四歩目の跳躍のステップで、バレエシューズの足もとが掬われた。瑛美の体は、高く上がるかわりに大きく前方に回転した。彼女は一瞬、自分が何をしているのか分からなくなった。次の瞬間には、頭に割れるような衝撃を感じ、口の中が焼け石のように熱くなった。彼女は額を強く打ち、舌を噛んでいた。

遠ざかっていく意識の中で、瑛美は口の中に温かいものが広がっていくのを感じた。そして、メンデルスゾーンのこの曲にはドラムの音はないはずだと思いながら、リズミカルな鼓動の音にじっと耳を傾けていた。

# 飛翔 2

もうもうと立ち上る湯気の中で、根津サブリナは目と口をしっかり閉じて、降りかかるシャワーに顔を向けていた。肩から胸にかけて勢いよくかかる大量の熱い飛沫(しぶき)が、彼女のほてった筋肉を休ませてくれる。激しいバレエの練習のあとのこの短い時間が、サブリナは大好きだった。

この時間は何も考えずに、全身を触覚と聴覚にして、どしゃ降りの熱い雨の中に埋没することができる。太古の祖先たちが夕立の中で踊ったり、修験者が滝に打たれたりしたのも、この原始的な感覚に浸ることで、ある精神的な高みに達することを知っていたからだろう。だから、複雑な社会機構や人間関係の中で生きる現代人には、これが絶対必要なのだ、とサブリナはよく思った。

サブリナは、東京の田園調布にある「根津ダンス・スタジオ」の教師であり、経営者でもある。今、彼女は自分のスタジオで二時間のバレエの指導を終えて、汗を流している。窓のブラインドの隙間から差し込む五月の午後の陽射しは、背中まで垂れた彼女の濡れた金髪を、さらに輝かせていた。

しかし、この日の彼女は、シャワーの中でも別のことを考えていた。自分の生徒の一人のことが頭から離れなかったのだ。その生徒は今、スタジオで独りで特別な練習をしている。サブリナはこのあと、その練習の指導をすることになっていた。

その生徒の名は、本川瑛美といった。彼女は、優に二メートルの高さを跳ぶ、並み外れた筋力に恵まれた十八歳の女性だった。が、教師のサブリナ以外は、スタジオのメンバーの誰もこのことを知らない。サブリナが瑛美に固く口止めしていたからだ。知られることが瑛美の将来にとって有利なのか不利なのか、サブリナにはまだ確信がもてなかった。彼女自身が、かつて自分の誕生時に行われた遺伝子改変を公表したことで、様々な社会的軋轢を経験してきたから、瑛美の場合はなおさら慎重に振舞うべきだと感じていた。

根津サブリナは、白系ロシア人のような青い目と金髪をした三十代前半の女性である。

しかし、その細身の体、胴と脚の比率、そして頬骨の出た顔のつくりは、明らかに東洋人のそれだった。彼女はロシア人の血をひいているのではなく、二〇一〇年代から行われるようになった「CGA」という遺伝子改変技術によって生まれた初期の日本人の一人だった。「CGA」は、英語の「cosmetic genetic alteration」の頭文字を取った呼称だ。日本語に訳せば「美容用遺伝子改変」とでもなるだろうか。

この技術がアメリカで開発された時、多様な民族の血を引くアメリカ社会は、それほど大騒ぎしなかった。すでに多様な顔があり、多様な髪用染料があり、様々な色のコンタクトレンズがある中で、わざわざ大金をはたいて、自分に似ない子をつくる親がそれほどいるとは考えられなかったからだ。しかし、太平洋の対岸の日本から見れば、ある種の人々にとって、この技術の誕生は、積年の夢を実現する画期的な出来事に感じられた。その夢とは「日本人をやめる」こと、あるいは少なくとも「日本人の外貌から解放される」ことだった。

サブリナの母、根津美砂は、二〇一一年に不妊治療のために渡米した際、治療に訪れたクリニックが、このCGAをオプションとして提供していることを知った。美砂はそのときロシア人の夫に病気で先立たれてから、一年ほどたっていた。夫は前立腺癌を患っていたので、放射線治療をする前に医師の助言にしたがって片方の睾丸を摘出して凍結保存した。体が治療から回復した後に再びそれを自分に戻せば、美砂との間に子をもてるかもしれない。彼はその可能性に賭けたのだった。が、その決意も空しく夫は亡くなり、睾丸だけが残された。

美砂は夫の遺志を生かすために、その中の精子で妊娠しようと思った。そうすれば、亡夫の血を分けた子に愛を注ぐことで、寂しい人生にも生きがいを見出せると思った。そこで彼女はその〝遺品〟を携えて渡米し、先進的な不妊治療で有名なそのクリニックの門を叩いた。ところが、夫の睾丸を検査したクリニックの医師は、その精子は使えない状態であることを美砂に告げたのだ。

夫の精子が使えなくても、他人の精子を使った体外受精を行い、受精卵にCGAを行うことで夫と同じような青い目と金髪の子をもつことはできる、とその医師は言った。受精卵の全遺伝情報のうち、たった一箇所の遺伝子を替えることで「青い目」と「金髪」の双方が実現するのだという。しかも、これに使う精子は、ロシア人のものでなくてもいいと言うのである。美砂は考えたあげく、日本人の精子によって体外受精し、それにCGAを行う方法を選んだ。夫以外のロシア人の子は欲しくなかったし、「青い目で金髪」の日本人がこの世にいてもいいと思ったからだ。

こうして、根津サブリナは誕生した。

彼女は、和服の似合う母の日本的美貌とスリムな体形を保持しながら、沖縄の海のように澄んだ青い目と、豊かな金髪をもっていた。その美しさは、しかし周りの日本人にとっては異質すぎたためか、小さい頃から「ガイジンの子」と呼ばれ、敬遠されることが多かった。名前が「サブリナ」であったことが、なおさら異質に思われた。美砂は娘の名前のことを人から聞かれると、ロシア人の亡夫の話をした。するとよく「ああ、それで金髪なのね」という月並みな解釈が返ってきたが、それにはあえて異を唱えなかった。本当は、「金髪は父親からのものではない」と言いたかったが、そう言えば誤解がさらに深まるのは確実だった。だからサブリナは、「混血」とか「ガイジン」とか囁かれながら少女時代を送った。時には面と向かって「お前はガイジンだから……」とか「あなたはちょっと違うから……」と言われることも少なからずあり、幼いサブリナの心はしばしば傷ついた。

そういうサブリナに、母の美砂は「あなたのお父さんは立派なロシア人だったわ」と言って、生前の父の話をいろいろ聞かせてくれた。中学校からは、ロシア人の教師についてバレエの練習を始めたし、高校生になるとロシア語も習わせてくれた。だから二十歳になるまでは、サブリナは自分がロシア人の父の血と、日本人の母の血を受け継いでいると信じきっていた。ところが、二十歳の誕生日に、母の美砂は娘に本当のことを話したのである。当時はすでに遺伝子検査が個人でも簡単にできるようになっていたから、戸籍上の父と遺伝上の父が違うことは、いずれサブリナの知るところとなるはずだった。だから美砂は、娘の真実は他人が語るのではなく、母自身が語るべきだと思ったのだ。

サブリナにとって、しかしそれは大きな衝撃だった。自分の外貌が他の日本人と異なるのは、父がロシア人であるからではなく、母が自分の好みで遺伝子改変を行なったからだということが、若い無辜（むこ）の心には赦しがたく感じられた。「子を親の道具として使った」と言って、サブリナは母をののしった。自分が幼い頃から友人や社会から冷ややかな目で見られたのは、この母の〝気まぐれ〟のせいだと感じられ、この人には愛がないと思った。そして、このことが原因となってサブリナは家を出た。

ところが、一人で生活を始めてみると、サブリナは自分が長い間〝短所〟だと感じていた外見上の異質さが、実は〝長所〟ではないかと思い直すようになった。彼女は母親譲りの美人であるし、それに加えて輝く金髪と澄んだ青い目は、男のみならず女性の羨望の的でもあった。また、中学から習ったバレエのおかげで別のバレエ団に採用してもらい、そこで重用されることにもなった。そして現在、三十代のこの若さでバレエ教室を経営することができる——こういうすべてのことが、母が〝普通でない選択〟を行なったおかげであることは否定できなかった。母が自分に「他人にない優れた特徴」を与えてくれたことを、だから今、サブリナは感謝の思いで振り返ることができるのだった。

そんな彼女のところへ半年前、本川瑛美が弟子入りした。

瑛美の両親は、根津サブリナの特殊な生い立ちを知って娘を連れてきたのだった。瑛美もまた、遺伝子改変をへて誕生した子だというのだ。だから、同様の立場にある教師から学ぶことが、いろいろな意味で娘の人生に役立つに違いない——そういう親心が、言葉少なに話す両親の表情と態度からサブリナには読み取れた。

しかし、瑛美を生んだ遺伝子改変の内容を知って、サブリナは驚いた。というより、「不安になった」という方が正しいかもしれない。サブリナと瑛美の間には、ざっと十五歳の年齢の開きがある。この間に、世の中の遺伝子改変技術は〝第一世代〟と言われるCGAから、〝第二世代〟へと移行しつつあった。CGAはその名の通り、美容（cosmetic）を目的とした遺伝子改変で、人間の〝中身〟に関係する「能力」や「力量」に影響を与えないという条件があった。ところが、その「能力」や「力量」を操作する改変技術の安全性が確立すると、アメリカでは「親は子の遺伝的特徴を選ぶ権利がある」という考え方が支配的となり、この条件は簡単に撤廃されてしまった。この遺伝子改変は、長所をさらに伸ばすために使われるのでGE（genetic enhancement）と呼ばれる。「遺伝子強化」という意味である。

具体的に言えば、瑛美の肉体には「筋力増大」のための遺伝子改変が行われていた。遺伝子強化は日本ではまだ認められていなかったから、瑛美の両親はこれをイギリスで行なった。二人はともに運動家で、これによって自分たちの娘が、同じ運動家として苦労せずに成功する道が開けると考えたようだった。

根津サブリナは、しかし自分の経験からいって、遺伝子強化が瑛美に苦労のない成功を約束するとはとても思えなかった。確かに、二メートルの跳躍を可能にする筋力は、バレリーナとしては比類のない演技を約束するものだった。しかし、この稀有な能力のことが公になり、その原因が、日本では許されていない遺伝子強化にあることが分かれば、社会は瑛美にどんな評価を下すだろうか。サブリナの場合、日本人としては他に類のない「青い目と金髪」の特徴が、差別の大きな原因だった。しかし、その差別は、この特徴自体を蔑(さげす)んだわけではなく、大方の日本人と「異質である」ことが蔑まれたのである。「青い目と金髪」自体はむしろ「優れた特徴」であり、羨望の対象ですらあったことが、成人後のサブリナにはよく分かった。だから、それと同様のことが瑛美に起こる可能性が十分あった。

瑛美は、人より抜きん出た跳躍力をもっているために、差別され蔑視されるかもしれない、とサブリナは思った。そういう数々の不当な扱いに堪え、つらさを克服すれば、瑛美も自分と同じような約束された境遇を手に入れることができるかもしれない。いや、きっとそうなるだろう。しかし、試練を克服できなければどうなるか？……これが、サブリナの最も心配する点だった。

欧米では、遺伝子強化によって生まれた人々が、社会から不当な扱いを受けて堪えかねて自殺したり、精神障害に陥ることがある、と時々報道されていた。また彼の地では、こういう差別に対して、遺伝子強化をした人たちの人権を護る運動も始まっていた。しかし、「自由」より「平等」を重んじる日本社会では、高く出る〝杭〟は欧米よりも強く打たれるのではないか、とサブリナは思った。

◇

根津サブリナは、午後のレッスンの汗をシャワーで洗い流した後、特別練習に打ち込む瑛美の様子を見るために再びスタジオへ向かった。心配事が一つあった。

瑛美は、跳躍力は素晴らしかったが、空中で姿勢を崩すと、着地のとき足首や腰を傷める危険性があった。人間の足腰は、普通二メートルの高さから飛び降りることを予定していない。しかし、骨は力が加わることで徐々に強くなる。だから正しく練習を重ねていけば、二メートルの高さからの落下にも彼女の体は十分耐えられるはずだった。

スタジオの外まで来た時、サブリナは瑛美が床を蹴ったり着地したりする時の音が何も聞こえないのに気がついた。休んでいるのかもしれない、と彼女は思いながらスタジオのドアを開け、そして「エイミー？」と呼んだ。

瑛美の体が、広いスタジオの中央部にうつ伏せになって横たわっていた。サブリナは「まさか」と思いながら、そこへ駆け寄った。瑛美の強靭な脚は真っ直ぐに伸びていたが、腕が体の下でいびつに曲がっているように見えた。「ああ……」と、サブリナは狼狽して声を上げた。腕だけでは、落下する体重を支えきれなかったのだ、と思いながらサブリナの目は瑛美の腕から肩に移動し、そこで釘づけになった。瑛美の上半身に覆われた付近の床が、赤く血で染まっているのだった。

本川瑛美は自分の舌を噛み切って死んでいたが、サブリナにはその理由がまったく分からなかった。

# 追跡

佐久間緑は、一月の午後の渋谷駅の雑踏を前にして、もう十分ほど前から人の流れに視線を注いでいた。

左手に東横線と地下鉄銀座線の乗り場へ続く階段を見、右手にはTデパートへ上るエレベーターを見ながら、彼女は交錯する人々の流れの中に、「青い帽子」を探していた。それを被った女性が、緑が首に巻いているピンクのマフラーに気づいてこちらへ向かって来れば、その人が「中野翔子」であるはずだった。事前のメールでの打ち合わせで、その点は確認してあった。

右手のエレベーターの扉が開いて、買い物客の一団が吐き出される。それぞれが思い思いの方向に歩いて行こうとするが、その時ちょうど左手の階段から押し寄せてきた人々の流れに、行く手を遮られる。が、人々は一瞬、立ち止まったり、横に避けたり、小走りになったりしながら、不思議なほどぶつからずに混じり合い、雑踏の中に同化していく。と、緑は、自分の正面の二十メートルほど先にある喫茶店から、紺色の毛糸の帽子を被った女性が出てきて、ハチ公前広場へ続く通路に向かって歩き始めるのを見た。

「紺色は青の一種だ」と思った緑は、その人の後を追った。

緑は、靴底を鳴らしてその女性に追いつこうとするが、混み合った通路で人を追い越すのは難しい。それでも五、六人を追い抜いて、やっと紺色の帽子の後ろについた時、ＪＲ山手線の改札口付近まで来ていた。

「すみません」と緑は言いながら、その女性の薄茶色のコートの肩を軽く叩いた。「ちょっと、失礼ですが……」

紺色の帽子の女性は、振り返って緑を見た。

「何でしょう？」驚いた表情に、警戒感が滲んでいる。

「あなたは中野翔子さんですか？」と、緑は言った。

その女性は、少し怪訝（けげん）な表情をしてから「いいえ、違います」と言った。

緑はさらに「メールでお話した佐久間ですけど……」と続けたが、女性は首を何度も横に振りながら先へ行ってしまう。後に残された緑は、その場に少し立ち止まってから、踵(きびす)を返して、同じ通路をもといた場所へ向かっていった。

相手とは初対面なのだから、人違いがあっても不思議はない。が、目的の人に会えないのは困る、と緑は思う。これまでの努力が無駄になるのは嫌だった。せっかくいい人を見つけだし、その人と親しくなれるかもしれない機会を失うのは「つまらない」と思った。

佐久間緑は、ちょうど一週間前の朝のラッシュ時に、ＪＲ山手線の新橋駅の階段を上りながら、前を行く人々の脚の間をすり抜けるように、何か銀色に光るものが落ちて硬質の音を立てるのに気がついた。とっさに「携帯電話だ」と思って手を伸ばし、それを頭上に振り上げて「ケータイ落としましたよ！」と叫んだが、人の流れは止まらず、また誰も緑の方を振り向いたり、近づいて来ることはなかった。緑はすぐ、それを落し物として駅に届けるつもりだったが、その日は寝過ごして始業時刻に遅れそうだったし、拾った電話は、自分がちょうどほしいと思っていた最新の機種だったので、半日触らせてもらってから、帰宅時に駅に届けても構わないだろうと考えた。

昼休みの時間、会社の同僚五人と食事をしながら各自のもつケータイの話となり、緑は「最新型を持っている」と言ってしまった。自分のものではないが、「持っている」ことは嘘ではなかった。メカ好きの新藤速雄が見たがるので、「見るだけよ」と言って渡した。すると速雄は、それを皆に示しながら、まるでセールスマンのように新機能の講釈をやってのけた。「ずいぶん詳しいのね」と緑が言うと、速雄は「給料日が来たら買うつもりだからね」と言って胸を張った。

実は、緑もこの種の機械には目がない方だった。特にケータイとパソコンを使った情報交換には、かなりはまっていた。友だちとの会話や仕事上の連絡に利用するだけでなく、自分のメモや手帳代わりにもよく使った。事務所で仕事中も、街を歩いている時でも、何かよい発想が浮かぶとケータイでメモをする。また、何か面白いものを見つけると、ケータイに付属したデジタルカメラで写真を撮る。そして、それらを自分のパソコン用のアドレスに電子メールで送る。夜、家に帰ると、パソコンで昼間のメモを受け取り、それを加工したり、整理したり、内容をふくらませたりしながら、自分の日記のようなものに仕立て上げるのである。

「日記」というよりは「発想箱」と言った方がいいかもしれない。日記は、日常的な出来事を記録するのが主体だろうが、緑の場合は、そういう記録もするが、新しい思いつきや、仕事と関係がありそうなヒント、新聞記事やニュース、あるいは友達との会話の中から飛び出した発想などもすべて記録しておく。それが案外、仕事に役立つことがあるのだった。

速雄の説明を受けるまでもなく、緑は今度出た新世代の携帯電話には、音声認識機能があることを知っていた。これは特筆すべき進歩だった。パソコンではすでにこの機能をもった機種が存在していたが、携帯電話に装備されたのは初めてだ。これを使えば、声によって文字を入力できる。つまり、親指を酷使してメールを打たなくても、声によってメールの文面を楽に作成できる。思いついた時に、声でメモを取っておけばいいのである。メーカーはこの機能を「ボイス入力」と呼んで、新機種の目玉にしていた。

昼食が終わると、緑は理由をつけて会社の同僚と分かれ、一人で喫茶店に入った。そこで早速、「ボイス入力」を試してみるつもりだった。他人の機械ではあるが、テストぐらいなら許されるだろうと思った。この機能を使うためには、持主が自分の声を機械にあらかじめ登録しておかねばならないことは、速雄の説明を聞いて知っていた。この手続きさえ踏めば、あとは普通に電話で話すように声を出せば、機械が自動的に音声を文字に変換してくれるのである。ただし、登録できる声は一人分だけである。だから、そのケータイの持主がすでに自分の声を登録してあれば、緑が新たに声を登録し直すことはできないのだった。

緑は、速雄の説明を思い出しながらケータイを操作し、液晶画面に「音声登録」と表示させた。それを選択すると「暗証番号」を入力する画面に変わった。彼女はデタラメに四桁の番号を入れてみた。すると案の定「暗証番号が違います」と画面に出た。ということは、持主の音声がすでに登録されていて、それは暗証番号が分からなければ変更できないということになる。

「そうか……」と緑は溜息をついた。それから、カーソル移動キーを無造作に何回か押してみた。すると今度は「ユーザー情報」と出た。これは恐らく、持主の氏名やメール・アドレスなどの個人情報のことだ。当然、暗証番号によって鍵をかけられているはずだ。彼女は構わずそれを選択した。すると、以前と同じ暗証番号の入力画面に変わった。持主の暗証番号が分かるはずはないが、緑はその時、ふと機械を裏返してみた。自分がケータイに暗証番号を設定する方法を、ここでも試してみる気になったのである。

それは、それぞれのケータイについている固有のシリアル番号を利用する方法だった。番号をそのまま使うのではなく、先頭や後ろから一つ置きとか二つ置きに使ったりする。比較的単純な方法だが、結構有用だった。当節は銀行や証券会社だけでなく、インターネット上の商品の注文にも暗証番号やパスワードが要求されるから、それらをすべて別の番号にしていては、とても憶えきれない。いきおい同じ番号を多用することになり、安全性の面で不安が残る。しかし、シリアル番号を利用する方法では、番号の入力時にその機械を調べればいい。だから、暗証番号を憶える必要もなく、入力ミスも少ないのだった。

「でも、このケータイの持主は、まさか私と同じ方法を使ってないでしょうね……」と思いながら、緑はちょこちょこと指先で番号を入れてみた。ダメでもともと、という気分だった。

三回目の番号の組み合わせで画面がプツンと変わった。緑は最初、入力間違いが三回あったので、機密保護のためにケータイの側で機能を停止したのかと思った。が、画面には人の名前が出ていたのである。

「中野翔子」

その下に続いて、機械に割り当てられたメール・アドレスと電話番号も表示されている。緑の鼓動は高鳴っていた。開けるつもりじゃなかったのに偶然、簡単に金庫の鍵が開いてしまった——それと似た驚きが彼女を包んでいた。

緑は、喫茶店の中で恐る恐る周囲を見回した。店内の席は七割方が埋まっているが、下を向いて本を読んだり、新聞を拡げたり、自分のケータイを覗き込んでいる客が多い。誰も、自分に注意などしていなかった。緑は、自分が次に何をするか考えるのが恐ろしかった。自分のケータイの中に何が記憶されているかを思い起こせば、この「中野」という人の機械の中身も想像できる——友達やボーイフレンドの電話番号やアドレス。何日にも及ぶお互いのメールのやりとり。自分用のメモ。自分の顔写真。彼や友達のスナップ写真。キャッシュカードの暗証番号。インターネットで使うパスワードのリスト。買い物リスト。仕事のスケジュール。買いたい本やCD。見たい映画やDVD——そういうすべてを他人が勝手に見たとしたら……。

緑はケータイを急いでハンドバッグに押し込むと、勢いよく立ち上がった。木製の椅子が床の上で大きな音を立てたので、近くにいた客が二、三人、驚いた顔をして彼女の方を見た。午後の仕事の時間に遅れまいと、緑は早足で会社に向かった。

佐久間緑は、その日の夜、拾ったケータイを駅に届けずに自分のアパートへ持ち帰った。中野翔子のことがもっと知りたくなり、パソコンのスイッチを入れ、検索サイトにつないで、「中野翔子」の名前で調べてみた。該当するサイトは二十五ヵ所出てきた。その中で、個人が運営しているホームページが九ヵ所あった。緑は、拾ったケータイの中に入っていた写真のうち、どれが中野翔子なのかを知りたいと思ったが、九ヵ所のホームページをすべて調べても、ケータイの中にあった写真と似た女性は見つからなかった。注意深い女性なのかもしれない、と緑は思った。

次に緑は、個人のホームページをもっている九人の「中野翔子」宛てにメールを出してみた。「○月○日の朝、新橋駅でケータイを落としませんでしたか?」という短いメールである。持主の名前がなぜ分かったかという説明のためには、「落とした時に機械がおかしくなったのか、所有者の情報が簡単に表示されてしまった」と嘘を書いた。すると二日後に、九人のうち一人から「自分が落とした」という返事が来た。そこで、その人と何通かのメールのやりとりをした結果、一週間後に渋谷駅でケータイを返す約束をしたのだった。

この一週間で、緑は中野翔子のことをよく調べた。彼女のホームページによると、この人は三十代前半のコピーライターで、若い女性向け月刊誌に料理や菓子づくりに関するエッセーも書いていた。料理がうまくなりたいと思っている緑にとって、尊敬に値する人だった。緑は、翔子のホームページに掲載されているレシピを参考にしてチーズケーキを作ってみたが、とても成功したとは言えなかった。今度会った時に、作り方のコツを聞いてみたいと思った。また緑は、自分がケータイなどを駆使して書いている日記のようなものを見てもらい、それをエッセーに仕立てるための助言もほしいと思った。そしてあわよくば、翔子のケータイに登録されている出版社の編集部員に顔をつないでもらえないか、と密かに思った。

緑はまた、翔子が雑誌に書いたエッセーを読んで、彼女の関心や物の考え方を知った。コピーライターという職業から想像するよりは結構、堅実な考え方をしている人のようだった。また性格も知ろうと思い、緑はケータイに登録されていた翔子の音声ファイルをパソコンに複写し、インターネット上で「声紋」を分析するサイトへアップロードした。一件五千円で、すぐに分析結果をメールで送ってくれた。それによると、翔子は「明るく思慮深いが、男性には注意過剰の傾向あり。女同士の友達は多くないが、親しくなれば面倒見はいい」などと書いてあった。

緑が、渋谷駅の待ち合わせ場所から家路に向かったのは、約束の時刻から一時間もたってからだった。中野翔子は来なかったのだ。緑は、自分のケータイから何度も翔子にメールを送ったが、その返答もなかった。

翌日、緑は翔子のエッセーを載せている雑誌の出版社に電話し、彼女の連絡先を尋ねた。電話に出た女性編集者は、少し考えてからこう言った。

「あー、もしかして、中野翔子という人のホームページを見たんですか？」

緑がそうだと言うと、編集者は続けた。

「あれはニセ者なんです。顔写真がなかったでしょう？　成りすましって言うんですか？……レシピなんかもいいかげんで、ウチも迷惑してます」

# 慙愧

北向きのなだらかな傾斜が続く農場の片隅で、森修三はトラクターのエンジンをかけようとして手を伸ばしたまま、何を思ったのか動きを止めた。

低地側から八ヶ岳の青い山頂に向かって吹き上げてくる十月の涼風の中には、牛糞や鶏糞の臭いが混ざっている。近くのアカマツの林からはコオロギやマツムシなど秋の虫たちが、喉（のど）の奥をくすぐるような快い響きを延々と奏でている。時々、カラスが遠方で鳴き、虫たちの読経のような合唱のリズムを瞬時崩すかと思うが、再び同じ声が午後の空に響くと、鳥も虫も自然界全体の響きの一部であることが修三にはよく分かるのだった。

今ここでトラクターを始動させれば、大きな機械音と共にこの自然の交響楽（オーケストラ）は壊れるだろう。しかし、だからと言って自然そのものが壊れるわけではない、と修三は思った。エンジンを止めれば、自分の周囲の快い自然の響きはすぐにまたもどってくる。それと同様に、このトラクターで畑を掘り返し、作物をすべて破壊しても、自然は疲れることのない回復力をもって植物を再生させ、虫を増殖させ、破壊の跡を修復して、自分自身のリズムと統合性を再び主張するようになる――修三はそれを、毎年繰り返される四季の移ろいの中でずっと感じてきた。農業をするとは、その自然の大きなリズムと統合力を借りて、人間の求める作物をより豊かに育ててもらうことだ。自然がすでにもっている力を最大限に引き出すことで、人間は〝ご褒美〟をいただくのだ。

四十歳の森修三は、十五年前に漠然と考えていたそういう農業の〝あるべき姿〟をどこかに残しておこうと思い、自分では「古式農園」と呼んでいるこの一角を、広大な農場の片隅で維持していた。平成十年代に流行していた「無農薬」や「減農薬」の方法で、自然の循環を生かした有機栽培をいまだに行なっているのだ。農家の仲間からは「古典的趣味」とか「本当の贅沢」とか言われるが、これは実は自家用菜園である。自分で食べるものぐらいは自由に作りたい。出荷用には、その農園から五メートル道路を隔てた西側に、四〇ヘクタールの広大なジャガイモ畑が広がっていた。

修三は今、この「古式農園」の脇に停めてあったトラクターに乗り込み、出荷用のジャガイモ畑まで移動して、ある重大な作業をしようと思っていた。その作業のことを考えると、自分が密かに描いてきた〝理想的農業〟の姿と、実際に行なってきた大規模農法との間には、何と大きな隔たりがあることか。そう感じて、修三はトラクターを始動する手を止めたのだった。

修三が向かおうとしているジャガイモ畑は、見かけは実に見事だった。濃い緑の葉の間に無数に咲いている可憐な薄紫の花が、これだけの広さを埋め尽くすと、それはまるで大量の桃色サンゴのブローチを惜しげもなくばら撒いた大平原のように見える。修三は大学時代の平成十四年に、初夏の北海道を自転車で独り旅したときに、こんな風景を初めて見て感動したものだ。しかし今は、標高千メートルのこの高地でも秋にジャガイモの花が咲く。

「横岳三号」と呼ばれるこの新種は、名前こそ日本語を使っているが、かつてアメリカのハンバーガー・チェーンM社用に使われていたラセット・バーバンク種のジャガイモを元に、日本の製薬会社がレッド・アンデスやキタアカリをかけ合わせて開発したものである。

外皮がサツマイモのように赤く、粒がそろっていて、長さが六〜一〇センチと大きい。このサイズが重要なのは、この種は主としてM社と提携している日本の食品チェーンに買い取られて、フライドポテト用に使われるからである。その用途に正確に合うように、ジャガイモの方が綿密に調整されていた。寒冷地用の遺伝子組み換えがされているだけでなく、除草剤耐性など各種の遺伝子組み換えも行われていた。人間の都合を優先させて、ジャガイモのもつ〝自然〟のあちこちを切り貼り式に変えてある。だから、ひと昔前と比べると、ジャガイモの栽培方法は全く変わってしまっていた。

まず、このジャガイモの苗は工場から出荷される。種イモを植え付けて苗を育てるという昔の方法は、この品種では使えない。そういう方法を許せば、誰でも新種を簡単に育てて出荷することができるから、開発元の製薬会社は、その莫大な開発費を回収することができない。だからこの会社は、イモから芽が出ないようにジャガイモの遺伝子を組み換えてしまった。そして苗は、開発した〝原種〟の細胞を工場で培養しておき、そこからクローン株を育て、農家に販売している。さらにご丁寧にも、「雄性不稔」と称する「花粉を作れない」遺伝子も、この新種には組み込んである。だから、花にはオシベがない。つまり、純系の種はできないのである。

ジャガイモの苗は「田植え機」と似た機械で畑に植え付ける。その前に、トラクターで夥しい数の長い畝を整然と引き、その上にヘリコプターを飛ばして、大量の除草剤を撒く。それから、畑に苗を植え付ける。苗を植えて約二週間後に、再び除草剤を撒布する。最初の撒布の際、土中で死ななかった雑草が伸びてきた頃を狙うのである。

こうして〝クリーン〟になった畑で、ジャガイモはどんどん成長する。昔の品種は、苗から収穫まで三ヵ月を要したが、今の新種はそれが二ヵ月に短縮された。その代り、苗を植える前に大量の化学肥料を土中に施さねばならない。しかし、こういう初期の作業さえすめば、このジャガイモは収穫までほとんど手がかからない。害虫抵抗性が組み込まれているからジャガイモキバガなどはつかないし、さらにアブラムシを防ぐためにレクチンという蛋白質を多く作る別の遺伝子も導入されている。従って天候さえ順調ならば、ほぼ自動的に実りある結果を生んでくれる。少なくとも、過去三年間はそうだった。だから、たとえ苗が高価であっても、農家にとって購入に値する。

ごく最近まで、修三はそう思っていた。自然のもつ澱粉(でんぷん)生産のメカニズムを明らかにした科学技術が、今度は自然に代って、自然以上の、新しい澱粉生産装置を完成させた。これが「横岳三号」である。そのおかげで、ここ数年、修三はこの品種の作付けを増やし続け、昨年はついに全農場をこの栽培に移行した。

しかし、一週間前、この広大な畑を見回った時、修三は自分の科学信仰の浅薄さを嫌というほど思い知ったのである。

◇

修三は今年、九月の初めにヘリを飛ばして除草剤を撒き、九月半ば過ぎに「横岳三号」の苗を植えた。その後は、苗の成長を心待ちにしながら、二週間の海外旅行へ出かけた。旅行から帰って畑を見た時は、別に異常は感じられなかった。だから彼は、世話が必要な「古式農園」に入り込んで、手間のかかる農作業に没頭した。

十月も半ばになって薄紫色のジャガイモの花が咲き始めたとき、修三は、その咲き方がいつもの年よりずいぶん少ない気がした。例年より気温が低いせいかと思ったが、植わっている一株を引き抜いて調べようとした彼は、その株がほとんど無抵抗で土から抜けてしまったので愕然とした。新種の苗は、植付けから一ヵ月もたてば、根の先に小さなイモの塊がいくつもできているのが普通だ。だから、株を上に引っぱっても簡単に抜けないし、無理に引けば根がちぎれることもある。にもかかわらず、その時引いた一株はスルリと土中から身を離した。イモができていないし、根も細く短かった。さらに、葉が食害にあっていた。

何か異常なことが起こっていると感じた修三は、トラクターを方々へ移動し、農場のあちこちの株を引き抜いて調べてみた。結果は、どれもほぼ同じだった。

「四〇ヘクタールの畑の、収穫はゼロ」——悪夢のような可能性が、この時修三の頭を駆け巡った。何が原因か、皆目見当がつかなかった。すぐに苗の製造元である製薬会社に連絡した。

「連作の影響が出てきたのでしょうか……」

と、担当の営業マンは不審そうに電話口でつぶやいた。

「とにかく、研究室の者にすぐ連絡して原因を調べます。森さんの農場では、全国に先駆けて弊社の作物を使っていただきましたからね。全力で調査します」

そういう答えをした翌日、営業マンは開発に携わった研究員とその上司を連れて、修三の農場に姿を現わした。そして、何株かの苗を土と一緒に持ち帰った。

修三も、自分なりに調べてみた。根が伸びない原因は土の中にあると思い、畑の土を掘り返すと、体長一センチほどの黒い、平べったい甲虫が何匹もあわてて出てきた。どうやらアザミオオハムシのようである。この虫は、その名の通りアザミの葉などを食べる。しかし、除草剤によってジャガイモしか植わっていない畑になぜこれが多いのか、と修三は不思議に思った。その時彼の頭に浮かんだのは、コロラドハムシのことだった。この虫は日本にはいないが、アメリカではジャガイモの大害虫として知られている。しかし、最初は野生種のナス科の植物の葉を食べていたものが、コロラド地方で人間がジャガイモ栽培を始めると突然、ジャガイモを食べる習性を身につけたのである。理由はよく分かっていないが、自然の生態系を人間が大きく変えると、その変化に応じて、生物の側も生態を変えることがあるということだ、と修三は解釈していた。だから、自分の農場のように、人間中心の生態系改造を徹底して行なった環境では、昆虫が食性を変えることがあっても不思議はない――そんな考えが浮かんでくると、修三はじっとしていられなくなった。

修三が畑の土をさらに詳しく調べてみると、ウジのような形の白い幼虫がかなりいることが分かった。ハムシ類の幼虫はどれも同じような格好をしているから判別が難しいが、これがアザミハムシの幼虫だとしたら、それが地中のイモを食べてしまったことが考えられる。しかし、修三の畑の「横岳三号」は、「苦味」の成分であるグリコアルカロイドの含有量が多いから、昆虫の食害には遭いにくいはずなのだった。

翌日の夕方になって、製薬会社の営業マンが電話をかけてきた。

「森さん、原因の一つが分かりました」何か深刻な声色である。「土の中にハムシの幼虫と蛹が見つかりました」

修三は、もっと自分の知らないことを言ってほしいと思い、ちょっと声を荒げた。

「しかし、うちのイモはグリコアルカロイドが多いから、食害は少ないはずだろう?」

「それはその通りなんですが、食害されないというわけでは……」と営業マンは語尾をうやむやにした。

「若いイモは特に苦いはずだから、それを虫が全部食べるなんてことが一体あるの?」と、修三は追い討ちをかけるように言った。

「そこのところが、まだよく分からないんで……」と営業マンは言葉を濁した。「今、研究室のほうで化学成分の分析をしてるので、明日になったらもっと詳しい結果をお伝えできると思います」

彼はそう言って電話を切った。

翌朝の七時に再び電話が鳴った時、修三は「古式農園」で土を掘り返していた。

「森さん、大変なことが判明しました」と営業マンは緊張した声で言った。「横岳三号のグリコアルカロイドの値が間違っていました」

「何だって?」修三は耳を疑った。

「二号までの値をそのまま使っていました。今回測定しなおしたら、ずっと低い値でした。アブラムシ防除のためにレクチンを増やす組み換えをした後の測定を省略していたんです。まったく申し訳ありません」と、営業マンは一気にしゃべった。

修三はその意味を理解しかねて聞いた。

「レクチンが増えると、アルカロイドが減るの?」

「結果的に、そういうことになります」と営業マンは言った。

「それじゃ、アブラムシを防いでも、別の虫に食べられるじゃないか!」

「ハムシがそれをやったと考えられます」と営業マンは小さな声で言った。

「じゃあ、去年や一昨年はどうして食害がなかったの？」

「それは、よく分かりません……」

営業マンの声は、消え入るようだった。

◇

森修三は、過去数日のこういう出来事を思い起こしながら、決意を込めてトラクターのエンジンをかけた。失敗した「横岳三号」を自分の手で葬るためだ。

「古式農園のやり方に帰ろう」と修三は思った。大企業の注文に合わせて、自然を拷問にかけることはもうやめよう。大体、四〇ヘクタールもの土地に単一種のジャガイモを植えたことが、そもそもの間違いだった。自然は単一ではないし、規格品の大量生産は農業とは言えない。そんなことは、昔から言われていた。にもかかわらず、「新奇さ」と「利潤」と「安定収入」に目を奪われていた。そういう自分を、彼は恥ずかしいと思った。

# 亡失

私はその日、目の前のハドソン川から吹いてくる心地よい春風を頬に受けながら、公園の芝生の上に置いた愛用のノートパソコンを使って、いつものようにインターネット上を歩き回っていた。自分宛ての電子メールをチェックして、返事すべきものには返事を書いた後、ミネソタ州のアレクサンドリア市役所のコンピューターに接続しようと思ったのは、翌年に来る大学進学の準備にそろそろとりかかろうと思ったからだ。

志望大学へ出す入学願書には、自分の戸籍情報を添付しなければならない。それは、このニューヨーク市から西へ千キロ以上も離れた自分の生まれ故郷、ガーフィールドにはなく、その隣町であるアレクサンドリア市が管理していることは、前に父から聞いていた。しかし、その市役所にはまだ一度も行ったことがなかった。行かなくても、必要な情報はほとんどインターネットで入手できるからだ。が、改めて考えてみると、自分の戸籍情報は見たことがなかった。興味がなかったからではなく、親から聞いたそのままを信じていたからだ。自分の名は「ジョージ・ラッセル・ハーマン・ジュニア」。二〇〇六年七月二十日、ガーフィールドの病院で父、ジョージ・ハーマンと母、リンダ・ラッセルの間に生まれた。もうすぐ十八歳になる。父母が共通した兄弟姉妹はいないが、父にも母にも、前の結婚でもうけた子が一人ずついる。それだけだ。何も不自然なことはなく、ごく当たり前のアメリカの家庭だと思っていた。

だから、パソコンの画面で市のアドレスを指定し、自分の統一ＩＤ番号とパスワードを入力して「戸籍」のページへ飛んだ時、そこに表示された自分の情報を見て、私は人違いだと思った。「ジョージ」も「ラッセル」も「ハーマン」も、アメリカ人の名前としてはザラにある。だから、別人の情報を引き出してしまったと思った。そこで、戸籍画面から一度ログオフし再びログインしてみたが、結果は同じだった。画面に出ている人物の名は、確かに「ジョージ・ラッセル・ハーマン・ジュニア」であるが、「父」の欄と「母」の欄には「不明」と書かれており、すぐ下の「備考」欄には「二〇〇八年七月二十日、ジョージ・ハーマンとリンダ・ラッセルの養子となる」とあるのである。「養子」の二文字を、私は何度も読み直した。

私は、自分の心臓がしだいに高鳴ってくるのを感じながら、そのことの意味を理解しようとしていた。胸のほてりが全身に拡がってくる。「まさか」という思いと同時に、怒りと不信が遠雷のように近づいてくる。やがてそれは頭痛に変わり、喉元にこみ上げてくるものを私は止めることができなかった。私は、リバーサイド公園の芝生の上に腹ばいになって、頭を上げたり下げたりしながら小一時間も煩悶していた。

二日後の夕方には、私はガーフィールドの自宅にもどって、両親に詰め寄っていた。いや、もっと正確に言えば、「両親と思っていた養父母」に向かって長年の虚偽隠蔽の理由を質していたのである。しかし、二人から聞いた自分の出生話は、私の想像をはるかに越えていた。

養父母によると、私の遺伝上の母は、交通事故によって両方の卵巣を失った女性で、名前や住所は明かされていなかった。だが、周辺の事情は少し聞かされていたという。この遺伝上の母は、その不幸な事故のこともあって誰とも結婚しなかったが、子をもちたいと切実に願っていたという。それも養子ではなく、血のつながった子が欲しいと渇望していた。肉体的なハンディキャップのゆえに自分は一生結婚できないと考えていたから、なおさら寂しかった――というのが養父母の推測だ。孤独の母が選んだ手段が、当時密かに行われ始めていた、人のクローニングだった。つまり、自分の体の細胞の遺伝情報を他の女性の卵細胞に入れ、電気ショックで細胞分裂を誘うあの方法である。

クローニングでは、分裂する卵細胞を別の女性の子宮に着床させ、それを流産せずに成長させねばならない。何度も失敗したすえ、十数回目で健康な胎児に成長し、代理母から私が生まれた時、遺伝上の母は三十代半ばになっていたらしい。ところが運命の皮肉と言おうか、その母は私が産まれて三年後に、乳癌で死亡してしまった。そして、後に遺された私を引き取ってくれたのが、今の両親だというのである。

そんな話を聞いて、私が混乱しないはずがない。これでは、私には母が三人いることになる。遺伝上の母、生みの母、そして育ての母である。「では父は?」と考えたとき、私は呆然として天を仰いだ。私には父がいないのである。養父はいるが、遺伝子の半分を共有する父は存在しない。失踪したり死んだからいないのではなく、初めから「父なるもの」

は存在しない。私は精子とは無関係に、卵子だけから生まれたからだ。

つい数日前まで、私は「ジョージ・ハーマン・ジュニア」であることを誇りに思っていた。父と同じ名前をもつことで、私には、これからの人生の方向が展望できていた。父は作曲家として成功していたから、自分も音楽関係の仕事につくために、ニューヨークの音楽大学を目指そうと考えていた。私は、父から音楽的素質を受け継いでいると思っていたし、肉体的特徴——ピアノを弾くあの大きな手や、形のいい顎(あご)ヒゲなど——も、父親譲りと思ってちょっと自慢だった。が、これらはすべて完全なる幻想にすぎなかったのだ。私と遺伝的につながりのある男性は今この世に存在しないし、過去にも存在したことがなかった。私を九ヵ月間、子宮の中で育ててくれた代理母にも夫がいたかもしれない。が、その男性も、遺伝的には私とまったく無関係なのだ。

「自分は一体何者だ?」という苦々しい思いが、私を包んでいった。私は、卵子を生産できなくなった不幸な女性の遺伝的なコピーにすぎない。私は、その女性の細胞から無性生殖によって作られた、わけの分からない怪物だ。女性の執念の〝残りカス〟みたいなものだ——私は必死になって両手を握り、その拳(こぶし)を腹の両脇に押しつけていた。

私は涙を流していたが、目の前の親たちも泣いていた。理性では、彼らの約十五年にわたる善意と献身に感謝しなければならないことは分かっていたが、感情では、何かとてつもない「裏切り」が行われていたと感じるのだった。「もっと早く本当のことを教えてほしかった」と何度も私は言った。そのたびに、養父母は苦痛の表情を見せて、「あなたを失いたくなかった」と言い、卑屈なほど謝るのだった。

人がクローニングで子をもうけることは、この国では二〇〇五年から例外的な場合に限って認められてきた。私も高校の授業でこの方法のことを学び、それによって生まれた子供たちが成長して、自分のことをどう考えるかを議論し合ったことがある。そんな時は、一卵性双生児だって性格も癖も指紋も違うのだから、人間は遺伝子によって人格が決まるのではない。だからクローニングで生まれた人も、普通に生まれた人と基本的には何も違わない、などと得々として論じたものだった。しかし、自分がそのクローンだとなると、話は全然違っていた。私の心の中からは「両親」のイメージがいきなり消え、それと共に過去も真っ白になったようだった。その空白は日ごとに広がっていき、やがて耐えがたいものになりつつあった。

自分の出生の秘密を聞かされてから三日たった午後、私は養父の留守をねらって彼の書斎に入り込んだ。どんな小さなものでもいい。心の空白を埋める手がかりが、そこにあることを願っていた。

養父のジョージ・ハーマンは作曲家であるだけでなく、なかなかの読書家だった。私は彼の書斎にめったに入ることはなかったが、何かの用事でそこへ行くと、一方の壁の床から天井までを埋め尽くしている本や書類の量に圧倒されたものだった。「父はそれほど物知りだ」と尊敬の気持を抱いていたのだが、それも彼が「父」でないと知った今は、空しかった。壁面を埋める本棚の最下段には、新聞や雑誌の切り抜きを集めたスクラップブックが並んでいた。私は、引きつけられるようにその前へ行き、自分の生まれた頃の年代を背表紙に書いた一冊を引き出し、パラパラとめくった。そこには、「クローン」や「クローニング」という言葉が見出しについた記事がいくつも貼ってあった。最初の記事は二〇〇〇年十月十一日の『ワシントン・ポスト』紙のもので、ある宗教団体の指導者が医療事故で子を失った信者のために、人間のクローンを作ると宣言した、と報じていた。

その記事は、小学生時代に聞いたことのある、史上初のクローン人間誕生の予告であることが、私にはすぐ分かった。記事によると、この宗教団体は子を失った信者の希望により、生後十ヵ月のその女児の体から遺伝物質を抽出し、それを二十二人のドナーから提供された二百三個の除核未受精卵（核を取り除いた受精前の卵子）の中に挿入したという。そのうち約半分の卵子が、電気ショックによって受精卵と同様に細胞分裂を行う状態に移行したため、四十八人の女性信者の子宮に移植された。そして二〇〇一年十一月、これらの代理母からたった二人の健康な赤ちゃんが生まれたのだった。

これが有名な〝聖なる双子〟の誕生である。当時は人のクローンを作ることにほとんどのアメリカ人が反対だったが、法律の整備ができておらず、また海外での移植手術を取り締まることができなかったため、この宗教団体は、個人の自由にもとづく「自己決定権」と「信教の自由」を盾に取って、事後起こされた数々の刑事訴追と民事訴訟を勝ち抜いていった。

そして、この双子が三、四歳になると、状況は大きく変わった。愛くるしい二人の金髪少女は、マスメディアに盛んに登場するようになっただけでなく、カメラの前で瞳を輝かせて〝天国の話〟をするようになったのである。それは、彼女たちが、かつて医療事故で死んだ不幸な一少女だった時から、再びこの地上に双子として誕生するまでに経験した〝輝く大地〟の様子なのだという。このおかげで、教団への入信者は激増し、教団は経済的・政治的にも力を得ることになった。そしてついに二〇〇七年八月、「人のクローニング」は正当な宗教的行為として、アメリカ国内では一定の条件の下で合法化された。

養父のスクラップブックの中に頭を突っ込むようにして、私はこういう経緯をむさぼり読んだ。そして、この宗教団体が自分の過去の手がかりを握っているに違いないと思った。彼らこそクローニングのパイオニアだから、彼らのところに最も多くの情報がある。私の母に関するものも、きっとそこで見つかるだろう——私は、養父母に自分の決意を伝えようと思った。

その夜、私は養父母と再び語り合った。養父は、スクラップブックにあった記事の話をよく憶えていて、自分の考えをはっきりと述べてくれた。それは、昔からある両親の離婚や親の失踪に加え、最近増えた精子や卵子、受精卵の提供などで、「自分は誰か」というアイデンティティーを確立できない若者たちがどんどん増えているということ。そして、その教団は、そういう若者たちの〝溜まり場〟の観を呈していること。だから、私がそんな場へ行けば、教団にうまく利用されて間違ったアイデンティティーを植え付けられるに違いない、というのだった。

「しかし、アイデンティティーのない今よりは、その方がましです」と私は言った。

すると養母は、「あなたは私たちの息子。それが本当のアイデンティティーよ!」と、目を赤くして言った。

私には、その意味が分からないでもなかった。しかし、自分には遺伝子が同一の母親が別にいるという事実は、大きかった。その人の容姿や性格や、特定の病気になる傾向を、自分は共有している。その人がもろもろの困難を押して、なぜ自分をこの世に誕生させたのか私は知りたいし、知る権利があると思った。彼女がもうこの世にいなくても、写真の一枚も残っていないのか。手紙の一通も見ることができないのか。名前も分からないのか。血筋も知らされないのか。どんな風景を愛し、どんな料理を好んだのか。それを何も知らない自分は、自分自身を知らないも同然だ、と私は言った。

「そういう親として伝えるべきことは、私も母さんもすべて君に伝えたはずだ」と養父が声を震わせながら言った。

「それはわかる」と、私は気持を抑えながら父の顔を見た。「でも、ぼくは本当の親のことを知らなければならない」

翌朝早く、私は荷物を持ち、決然として養父母の家を後にしたのである。

# 亡失2

その建物は、アリゾナ州ツーソン市郊外の山の上にあった。

晴天下、白いドーム型の屋根が、赤茶けてゴツゴツとした岩肌の上から覆い被さるようにして、私の行く手に見え隠れしていた。その屋根のカーブを見ていると、うつ伏せになった巨大な白い皿を思い起こす。この中に、自分の本当の母の秘密が眠っていると思うと、私は思わず息を深く吸い、トレッキング・シューズの足には力が入る。もう半時間も足場の悪い斜面を上っただろうか。あたりに人影はなく、胸に染みとおる清涼な空気は心地よかった。

私の名前は、ジョージ・ラッセル・ハーマン・ジュニア。ミネソタ州生まれの十八歳だ。ついーヵ月前、私は自分が養子であることを初めて知っただけでなく、自分の遺伝上の母は、「体細胞クローニング」という方法で自分をこの世に生んだことを、初めて聞かされた。つまり私は、その女性と遺伝子が同一の「クローン人間」なのである。が、私が男だということは、性染色体の遺伝子だけが組み換えられたのだろう。そしてこの女性は、私を産んで三年後に癌で死んだという。それまで何の疑いもなく「父母」だと思っていた両親は、実は血のつながりのない「養父母」であり、さらに、自分には遺伝上の「父」に該当する人間は、普通の意味では存在しない——そう知った時、父を目指して音楽の道へ進もうとしていた私は、急に人生の目標を失った。

私の遺伝上の母について、養父母は「交通事故で卵巣を失った女性」ということしか知らなかった。だから、私は「本当の親のことをもっと知りたい」と強く願った。しかし、手がかりはあまりない。ただ、今からざっと二十年前の二〇〇〇年代初頭に人のクローニングを実現させた「プロクローン」という宗教団体が、遺伝上の母の消息を知っている可能性があった。だから私は今、養父母の反対を押し切って、この教団の施設に向かって急いでいるのだった。

とはいっても、一応の下調べはしている。養父は、この教団は「アイデンティティーを失った若者たちを利用している」と警告していたから、私はまず教団に電子メールで問い合わせ、母親探しの手助けをしてもらえるか尋ねた。教団の担当者はとても好意的で、教団のデータベースに登録された信者の遺伝子情報と私のそれを照合すれば、遺伝上の母を特定できるかもしれない、と言った。そして、遺伝子を調べるために私に一度、教団に来てほしいというのである。

私は、いったん躊躇した。遺伝子情報は、究極のプライバシーに属するものだからだ。他人のそれを盗んだり悪用した犯罪や、社会的差別、誤用による医療事故などが、最近大きな問題になりつつある。しかし、それ以外に方法がないというのだから仕方がなかった。私はまた、教団のメンバーが実際にどのような活動を行い、どのような生活を送っているか全く知らない。その点も不安だった。しかし、私の場合は入信するのではなく、単に自分の母親の情報がほしいだけだから、それさえ分かれば、教団とはできるだけ関わりをもたずにこの地を去るつもりだった。

岩の上から覗いていた円盤状の屋根は、しばらく行くと切り立った山の稜線の陰に見えなくなった。さらに進んでいくと、狭い登山道から急に四車線の舗装道路に出た。私はそこから上り坂の続く方向へ曲がった。教団の施設は山の上にあると聞いていたからである。

坂を上りつめたところでいきなり視界が開け、円盤屋根の建物が、その巨大な全容を現わした。それは、教団のホームページですでに見たことのある、全体の形がどこか大統領官邸のホワイトハウスを思わせる建物だった。しかし、大きさは想像をはるかに超えていた。幅はざっと三百メートル、高さは十階建てぐらいあるだろうか。私はしばらくその場に佇(たたず)んで、このまま前に進むべきか、それとも引き返すべきか迷っていた。

これだけの施設を造ることができる団体は、それだけ多くの寄付や喜捨を信者に要求するに違いない。また、一種の大企業だから、入信を勧められなくても、情報提供にかなりの費用を請求される可能性がある。自分は母親の情報を知るために、一体いくらまで払う用意があるだろうか。一年間のアルバイト料をつぎ込んでそれを知ったとしても、母親はすでに死んでいるのだから、自分の心の空白を埋めるものは何もないかもしれない。いや、そんな〝埋め合わせ〟を求めているなら、この教団の門をくぐるべきではないかもしれない。彼らは、心の空白を埋める代わりに、金銭や自由を奪い取る術に長けている。それが宗教というものではないか。

私の左腕の時計は、午後三時過ぎを指していた。これから引き返しても、暗くなるまでにツーソン市の宿にもどることができる、と私は思った。

その時、後ろから突然女性の声がした。

「ハロー、家まで行くなら、乗っていきません?」

振り返ると、オレンジ色の覆いをした自転車のような乗り物の中で、若い金髪の女性が首をかしげて微笑んでいた。

「実は、もう帰るつもりだったんだけど……」不意を突かれた私は、どぎまぎして答えた。

「重い荷物をかついでここまで来たのに、中も見ないで帰るの?」と、彼女は乗り物のハンドルを両手で握ったまま、肩をすくめた。彼女は、明るいグレーのトレーナーの上下に身を包み、白い運動靴をはいた足の片方をペダルの上で左右に動かしていた。私は、ちょっと冒険してみる気になった。

「見物だけでもいいのかな?」

「もちろん、見物も、見学も、研修もできるわ。すべてガイド付きで」と彼女は言い、立ち上がって右手を差し出した。「ジェーンというの。よろしくね」

「あ、ぼくはジョージ。ジョージ・ハーマンです。こちらこそよろしく」

こう言いながら握った彼女の手は、すべすべして心地がよかった。

私がジェーンの運転する乗り物に乗って、巨大な教団施設の出入口を通過するまでが二、三分。出入口の先に広がる中庭を通り、受付の前に降り立つまでが数十秒。その間に、私は自分が本当は見物に来たのではなく、「ある調査」を頼みに来たことを、彼女に手短に話した。

「そう。調査に時間がかかる場合は、家に泊まるつもり？」と彼女は言った。

「いや、市内に宿があるから」と私は言った。

「でも、家では宿泊代は取らないから」と彼女は言った。そして「その方が、ゆっくり内部を見物できるわよ」と付け加えた。

こうして私はその晩、プロクローン教団の施設に泊まることになった。遺伝子照合の調査のためには二〇〇ドルを要求されたが、手間代と宿泊料を考えれば決して高額というほどではない。調査のための「検体」の採取も、ごく普通の方法で行われた。まず、申込書に記入してから、医師と思しき白衣の中年男性が二、三の質問をしたあと、看護婦が注射器一本分の血液を取り、さらに口の裏側の細胞を脱脂綿で拭い取った。病院と同じだ。私は何となく安心していた。

午後五時前には、医師のいる部屋を出ることができた。廊下ではジェーンが待っていて、私に向かって手を振った。

「ハーイ。私があなたのガイドになったわ」と、彼女は近づいてきて言った。

「それはうれしいな」と言ってから、私は自分の言葉の意味を考えて、少し顔が熱くなった。

私は彼女の案内で、施設内のロビー、図書室、集会室、礼拝堂、アスレチック・ルーム、屋内プールを回った。その間、ジェーンはいろいろ説明してくれたが、私はその流暢な言葉の響きを聞きながら、まるでどこかのリゾート・ホテルを見学しているような気分を味わっていた。宗教施設にいることを思い出させてくれるのは、廊下で人とすれ違うときだけで、どの人もにこやかに合掌して「ハロー」と言うのだった。

この挨拶に、私は最初片手を挙げて「ハーイ」と答えていたが、隣を歩くジェーンが、相手に同じ返礼をするのを見ているうちに、自分も合掌しなければいけない気持になってきた。だから、見学の終わり頃には、私も両手を合わせていた。ただし、皆のように胸の前で合わせるのではなく、もじもじと腹の前で合掌し、小声で「ハーイ」と言うのが精一杯だった。

再びロビーにもどった時、ジェーンは天井を指差して言った。

「二階のカフェテリアをまだ案内してないわ。ちょうどお腹が空くころだと思うけど?」

一日中歩き回ったので、かなり前から空腹を感じていた私は、二つ返事でジェーンの提案に乗った。

カフェテリアは、どこの大学にもあるようなセルフサービスの開放的な食堂だったが、片側の壁いっぱいに開いた窓の明るさと、その窓から見渡せる広大な風景が私を魅了した。手前には明るい緑や黄色の絨毯を敷きつめたような農場が広がり、その向こうにコロラド高原の緑の森、さらに遠方には青い連山と、雪を頂いた秀麗な高山群が聳えている。私はふと、こんな風景の中で農作業に汗を流す生活こそ自分の理想ではないか、と思った。

ジェーンと私は、まもなく窓際のテーブルで向かい合って食事を始めたが、その時彼女から聞いた話の内容は、窓外に広がる風景以上に強い印象を私に与えた。

この教団に集まる若者のほとんどは、遺伝上の親を知らないか、あるいは知っていても接触のない人たちだという。法律上の親はいても、精子や卵子、受精卵の提供によって生まれた子供たちが、私の場合と同じように、成人に達するころに自分の出生の真実を知り、法律上の親のもとを離れて教団に身を投じるケースが年々増えているという。もちろん、それ以外にも、親や夫の暴力に耐え切れずに家を出た人や、都会の孤独から逃れてきた人もいる。また、家庭的に問題もなく、教団の奉じる教義に純粋に共鳴して入信した人、あるいは単に仕事を求めて来た人もいる。しかし、圧倒的多数の人たちは、親との遺伝的つながりがないことを知った心の空白から、神への信仰と、神の下の「一家族」を実現するために教団生活に入っていくのだという。

私のように「クローンとして生まれた」という悩みをもった人の数はまだ少ないが、それでも数十人がこの施設にはいる、とジェーンは言った。私は、案内人にすぎない彼女が、自分が教団に依頼した調査の内容を知っていることに驚いて理由を尋ねたが、彼女は「ここでは、秘密はあまりないのよ」と事もなげに言った。そして「だって、みんな家族の一員でしょう?」と付け加えた。

「しかし、家族の間でも秘密はあるじゃないか?」と私は不服に思って言った。

「秘密は誤解の原因になるから、ここでは少ない方がいいの」と彼女は言った。そして、唐突に自分の身の上話を始めたのである。

それを簡単にまとめると、彼女の入信前の名前は「ジョセフィーヌ・ウォルドロン」といって、今年二十歳になる。ミネアポリスの出身で、長年の不妊治療を断念した母親が、他人の受精卵を子宮に移植して彼女を産んだ。その事実を知ったのが十五歳の時で、以後家族との関係が次第に難しくなり、十七歳の時、教団の指導者である〝聖なる双子〟の本を読んで入信したという。

「〝神の下の一家族〟という考え方に共鳴したの。私の場合、ずっと信じていた両親が嘘をつき通していたわけでしょう。秘密や嘘のない家族関係が理想だったわ」と、彼女は窓外に広がる空を見上げながら言った。

「でも、こんなに大勢がいる中で、皆んなのことを知るのは大変じゃない?」と私は言った。

「そんなことないわよ」と彼女は目を見開いて即座に言った。その手には、小型の通信機のようなものが載っている。そしてこう続けた。「これでセンターに照会すれば、一人一人の性格や癖も分かるわ。人間って、知れば知るほど面白いものよ」

私はちょっと驚いて、「例えば、ぼくのこともそれで分かる?」と言った。

すると彼女は少し考えてから、こう言った。

「あなたの場合はまだ分からない。遺伝子解析の結果が出てないから」

私は「まさか」と思いながらさらに訊いた。

「結果が出たら、君も知るわけ?」

「私だけじゃなくて、みんな知るのよ」と彼女は不思議そうに言った。そして「書類を読まなかったの?」と付け加えた。

私は急に不安になって「何の書類?」と訊いた。

「申込書の裏側に契約文が書いてあったでしょう?」

私は両手で服のポケットを探った。申込書の写しがそこにあるはずだった。取り出した紙の裏には、細かな文字でビッシリと文章が印刷されていた。

「専門用語で分かりにくいかもしれないけれど」とジェーンは言った。「解析の結果は教団のコンピューターに登録されて、信者なら誰でも利用できるって書いてあるはずよ」

私は、紙を顔の前に広げたまま動かなかった。目は文字を追っていても、頭には何も入ってこない。私は重大な失敗をしたのである。

# 銀化

柿田浩二はその時、弁当を食べていた手を止めて、壁の高い位置に据えつけられた旧式のテレビを注視した。

そこから流れてくる昼のニュースの声の中に、「オオニジマス」という言葉を聞いたように思ったからだ。山梨県の山間部にある彼の仕事場では、テレビの映りがあまりよくないから、画面には魚の映像が映っていても、それが何の魚なのか判然としない。また、周りから聞こえる、蒸気のようなシャーシャーという機械音が邪魔をして、音声がよく聞き取れない。しかしアナウンサーの声は、確かに「オオニジマス」と言ったような気がした。

浩二が養魚場を構える大武川(おおむかわ)は、水源を甲斐駒ヶ岳やアサヨ峰、鳳凰三山などにもち、白州町と武川村の境界あたりを流れている。柿田養魚場では、これらの山々から流れる豊富な清流を使ってニジマスとイワナを養殖していた。それぞれを小ぶりの塩焼き用と大ぶりの刺身用に育て、近くの旅館やホテル、町のスーパーなどに卸したり、渓流釣りなどの遊魚用に販売するだけでなく、近所に住む別荘族などに小売もしていた。魚は、八つある生け簀にそれぞれ四段階の大きさのものを入れている。そのうち最大の生け簀に入っているニジマスは、全長一メートルくらいになるものもあった。ホルモン剤を混ぜた人工飼料を与えて巨大化させるのである。これを「オオニジマス」と呼ぶ客もいたから、テレビのニュースは自分の魚のことを言っているのかと思ったのだ。

しかし、ニュースで取り上げていたのは、別の種類のオオニジマスだった。それは数年前、遺伝子組み換えによってつくられた新種のことで、これとよく似たものが近くの大武川で捕獲されたというのだった。

「それは不思議だ」と、浩二は思った。

遺伝子組み換えでつくられた動物を無許可で自然界に放つことは、法律で禁じられていた。だから、組み換え種の魚を養殖する場合は、逃げ出した魚が在来種と交雑しないように、海や川から完全に隔離された場所で行い、稚魚や卵も厳密な管理を義務づけられていた。それでも洪水や台風時に逃げ出す可能性もあるから、子孫をつくれないような遺伝子組み換えも同時に行うことが国からは奨励されていた。生態系への影響を防ぐためである。

にもかかわらず、組み換え種の魚に似たものが普通の川で捕獲されたのである。何かの間違いでこれが起こったか、あるいは誰かが意図的に放流したのだ。これは、自分の仕事に影響が出る可能性が十分ある、と浩二は直感的に思った。

遺伝子組み換えによる魚の開発は、サケが最初だった。

二〇〇一年、アメリカの養魚会社がタイセイヨウサケの遺伝子に別種の大型サケ、マスノスケ（キング・サーモン）の成長ホルモンを分泌させる遺伝子を付け加えたところ、最高で通常の六倍の早さで成長するサケができた。このサケは、成長後の大きさ自体は普通のものと変わらなかったが、成長が速ければ現金化も早くできるということで、商業ベースにうまく乗った。これをまねてオーストラリアや中国、キューバなどでも成長の速い魚の開発が行われた。

在来種に比べて成長の速い魚は、自然界に放たれるとオスが繁殖に有利となり、在来種のメスを独占して交雑し、やがて在来種を駆逐してしまうことが心配された。そこで、このアメリカ産の組み換え種のサケには、稚魚をつくらせないような人工的な処置がほどこされた。そうすれば万一、海や川に逃げ出すことがあっても、組み換え遺伝子が自然界にひろがる危険性がないからだった。

このサケの成長期間短縮の技術をニジマスに応用したのが「オオニジマス」である。日本の大手水産会社が二〇〇三年にアメリカの企業からライセンスを取得し、二〇〇五年に商業化に成功した。しかし、国内ではまだ数箇所でしか養殖が許されておらず、養殖は「養魚場内のみ」にとどめることが義務づけられていた。

ニジマスは広大な北米大陸原産の魚であり、日本のように狭い急流が多く、堰堤などで川が分断されている場所での自然繁殖は難しかった。日本の河川を泳ぐニジマスのほとんどは、養魚場で孵化されてから一、二年たった体長三〇～五〇センチのものを、釣りなどの遊漁用に放流したものだ。これは養魚場育ちだから泳ぐ力が劣り、自然の厳しい環境の中では子孫を残すまでにいたらない。ほとんどがすぐ釣り人によって釣り上げられてしまうし、釣り上げられなくても、自然界では捕食が下手だから、大きく成長できない。そんな中で、体長一メートルに達する魚がいたとしたら、それは成長を速める遺伝子組み換えを行なった種か、あるいは浩二の養魚場の「オオニジマス」のように、人工的に育てた魚と考えていい――浩二はそう思った。

しかし、浩二の知っているかぎりでは、大武川の近くにはニジマスをそんなに大きく育てる養魚場は、自分のところ以外存在しない。また、自分のところから最近出荷した大型のニジマスは皆、氷詰めにして旅館やホテルへ行った。つまり、生きたまま出荷したものはないのだった。だから、大武川の「オオニジマス」は自分の養魚場のものではなく、ニュースで言っていたように、何かの理由で遺伝子組み換え種が放流されたに違いない。浩二はそう考えて、ゆっくりと席を立った。

県の水産試験場に聞けばもっと詳しい様子が分かるだろうと思い、彼は胸ポケットから出した携帯電話を耳に当て、周りの機械音から逃れるために養魚場の建物から外へ出た。

「はい、水産試験場です」と、電話の向こうで女性の声が応えた。

「ああもしもし、柿田養魚場の柿田ですが、浅川さんいる?」

「ああ柿田さん……」と相手の女性の声の調子が和らいだ。

「今はウチの人、みんな外出しちゃって」

「どこへさ?」と浩二は言った。

「分からない。警察の人と一緒だと思います」と女性は言う。「連絡させますか? 番号わかります?」

「ああ、分かると思う」と浩二は言ってから「養魚場の方に連絡くれろってな」と付け足した。

もう警察が動いているのだ、と浩二は少し驚いた。

彼はしかし、組み換え種のニジマスの不法放流があったとしても、警察が動くことで問題がどれだけ解決するのか、疑わしいと思った。かつて二十世紀の最後の二十年間に、日本の湖や川で何が起こったかを思い出せば、このことがわかる。その頃、アメリカから持ち込まれたブラックバスやブルーギルが、各地の漁業者の根強い反対にもかかわらず、どんどん全国に拡大してワカサギやアユ、コイ、タナゴ、モツゴなどの在来種の魚をほとんど駆逐してしまったことが、彼の記憶にはまだ新しい。

そういう中に、成長を速めた遺伝子組み換え種のニジマスが混入するとどうなるか。それは、恐らく誰にも予測できない——浩二がこんなことを考えながら、生け簀の周りを歩いていると、養魚場の建物の窓から自分の名を呼ぶ声が聞こえてきた。水産試験場からの電話だった。

「あ、柿田さんかね。ちょっと問題が大きいぞ」と、電話口の浅川の声は深刻そうだった。

「何が問題かね？」と浩二は言った。

「捕まえたヤツはF1だ」と浅川は言った。

F1とは雑種の一代目という意味で、組み換え種と在来種との混血のことだ。

「じゃあ、もう混ざってるってこと？」と浩二は言った。

「そう。F1があれだけ大きくなってるから、きっと組み換え種のオスが何年か前に放流されちまったんだ」と浅川は口惜しそうに言い、それから「で、念のために、あんたのとこの魚も調べさせてもらうからね」と付け加えた。

「そりゃあ、構わないけど……」と浩二は言って、翌日に浅川を迎える約束をした。

受話器を置いてから、浩二は浅川が何を調べようとしているのかを量りかねて、考え込んだ。自分の養魚場のニジマスを調べても、何も出てくるはずがなかった。普通の養殖用のオスとメスをかけ合わせた稚魚を育てているだけだからだ。他と違うのは、成長ホルモンを加えた人工飼料を使っている点だけで、それは違法でも何でもない。成長を速めているにすぎない。

そこまで考えた時、浩二は一年ほど前に、長野県の同業者が稚魚をもってきたことを思い出した。その男は初対面だったが、いつも取引のある、名の通った養魚場の名刺を差し出し、サンプルだと言って孵ったばかりの仔魚が二、三十匹入った袋を置いていった。それには、多産系のニジマスだという品種証明書も添えてあった。だから彼は、その稚魚を別の水槽に入れ、他と同じ飼料で育てた。結果は上々だったので、成長のいいものを四尾だけ残して、あとは遊漁用としてすべて売却した。

そこまで考えてきて、浩二は顔色を変えた。養殖用に新種を導入することは珍しくない。しかし通常は、導入元の養魚場へ出向き、親の魚を見て判断するものだ。あの時は仕事が立て込んでおり、名刺と証明書を信用してサンプルを受け取った。しかし、相手が本当に取引先の人間かどうかは確認しなかったのだ。

浩二は、養魚場の南端にある生け簀の方へ小走りに歩いた。そこには、体長が五〇センチほどになったニジマスが飼われている。あの時の稚魚は成長して、四尾がまだそこにいるはずである。多産系は色や斑からは他種と区別することは難しいかもしれないが、成長が速いから、大きさの違いで判別できるかもしれない、と浩二は思った。

柿田養魚場の南端の生け簀は、山が立ち上がる斜面のきわにあったから、昼間でも陰になることが多く、水面下の様子は遠くからは見えない。浩二は手に網を持ち、コンクリート製の生け簀の縁に両足を踏んばって、水中を泳ぐ魚たちを注視した。生け簀ではモーターが常時水をかき混ぜて水流を作っており、魚たちは一定方向に頭を向けて泳いでいる。その中に大きさの違うものがあれば、案外簡単に見つけることができるかもしれない、と彼は思った。しかし、ニジマスの背中は灰緑色をしていて、木々の緑が映り込んだ水の中では判別が難しかった。

と、そんな目立たない色の魚の間に、ギンザケのように銀色をした魚がいるのに浩二は気がついた。生け簀の底の方で、他の魚より速く泳いでいる。体も他よりやや大きいようだ。浩二は、自分の心臓が高鳴ってくるのが分かった。

ギンザケがここにいるはずはないのである。これは「銀化(ぎんけ)」という現象に違いなかった。サケ・マス類の魚は、淡水から海水へ出る前の準備として、体の色を銀白色に変えることがある。日本のニジマスは普通銀化することはないが、北米にいるスティールヘッドと呼ばれる種は、幼魚のときは普通のニジマスと全く見分けがつかないものの、海へ下る前に銀化する。浩二の養魚場では、そういう種類の魚を育てたことがなかった。にもかかわらず、銀化したニジマスが目の前にいるということは、それがサンプルとして見知らぬ男から受け取った魚に違いなかった。

浩二は、銀化した魚が他にもいないかと、生け簀の中に目を凝らした。それを網で捕らえて、明日、浅川が来るまでに処分してしまわねばならない。それが遺伝子組み換え種であった場合、あの時幼魚で売却したすべての魚が組み換え種である可能性がある。きっとそれが放流されて在来種と交雑し、孵（かえ）った卵が普通の何倍ものスピードで成長した結果が、あのオオニジマスなのだ。水産試験場の調査によって、オオニジマスと自分の生け簀の魚の遺伝子型が一致すれば、自分はそれこそ警察のお世話になり、廃業に追い込まれるに違いない、と浩二は思った。

◇

翌日行われた山梨県水産試験場の調査では、柿田養魚場からは遺伝子組み換え種の魚は発見されなかった。しかし、その後、大武川の下流の釜無川や笛吹川で銀色のニジマスが発見されて大騒ぎになった。山梨県では、かつて本栖湖にギンザケを放流したことがあったが、うまく定着しなかった。また、ニジマスが銀化したスティールヘッドは、釣り人たちの垂涎の的だったが、日本では北海道以外では殖えなかった。それが東京近くで見られると聞いて、釣り人たちが全国から山梨県に集まった。

一方、山梨県警は半年の捜査の後、遺伝子組み換え種のニジマスを放流した容疑者は特定できないとして、捜査終結を宣言した。県の入漁料収入が急増しただけでなく、遺伝子組み換え種のニジマスの放流で県経済の活性化をはかるべしとの意見が、県議会で優勢になってきたからである。

# 銀化 2

# 銀　化　2

晩秋の甲府駅前で、浅川泰明（やすあき）は宣伝カーの屋根に立ち、右手に握ったマイクに向かって大声で叫んでいた。彼は茶色のウールのコートの襟を立て、革手袋をはめていたが、半時間前から吹き始めた北風の冷たさは身に染みた。

山梨県知事選挙に立候補した早瀬豊（ゆたか）が、夕方の五時にそこへ来て演説をすることを伝えるのが、その日の浅川の役目だった。カラオケ以外では人前でマイクなど握ったことのない浅川にとって、この役目は冒険だった。しかし彼は、勝ち目のない選挙であると知りながら、自分を賭けようとする早瀬を放っておけなかったし、また何よりも、早瀬の信じるものに共感していた。だから、五十歳を過ぎたこの歳になって、初めて選挙運動に加わる決意をしたのだった。

「駅前を行く甲府市民の皆さん、山梨県民の皆さん、私たちの故郷の自然を護るために知事選に立ち上がった早瀬豊は、本日午後五時から、この甲府駅前で皆さまにご挨拶いたします」

コートのポケットに手を入れて駅前を足早に行く人々の流れは、浅川の声に無反応だ。しかし彼は、家で暗記した標準語のセリフを懸命に繰り返しているのだった。

「早瀬豊は、今日(こんにち)の山梨県の自然が、経済発展を目的とした生態系の破壊や開発行為によって危機に瀕していることを憂え、長年オーストラリアで自然保護に携わった経験を生かし、故郷の自然再生のために知事選に立候補しました。私たち人間は自然の一部です。自然破壊によって、人間は幸福にはなりません。生態系の破壊によっては、本当の意味での経済発展はありえません。早瀬豊は、そのことを皆さんに訴えます。午後五時からの早瀬豊の街頭演説をぜひお聞きください」

浅川泰明は、山梨県水産試験場の所長という立場で今回の選挙運動に加わることに一度、躊躇した。しかし、三十年の仕事の中で培われてきた彼の自然への愛情と、目の前でそれが失われていくことの無念さ、そして妻の応援が彼を動かした。彼の持論は、「人間に好ましい生物ばかりを殖やし、好ましくない生物の撲滅をはかることは、生物多様性を減退させることになるから結局、自然の一部である人間にとって好ましくない結果となる」ということだった。

だから、一九九〇年代に山梨県の湖や河川に北米原産で肉食のブラックバスやブルーギルが持ち込まれた際は、上部機関である県の水産振興課に宛てて異種導入の禁止措置を求める意見書を提出した。が、その提言は採用されず、これら北米産の魚たちは次第に増殖し、そのおかげでワカサギやアユ、コイ、タナゴなどが激減した。また、二〇〇六年になって釜無川(かまなしがわ)に遺伝子組み換え種のニジマスが出現した時にも、浅川はこれをできるだけ早く駆除することを進言したが、やはり県上層部には聞き入れられず、組み換え種の魚は放置されてきた。

それどころか、あれから一年たった現在、県はそれまで名目的に掲げてきた「外来種規制」の原則を放棄し、外来種同様のリスクがある遺伝子組み換え種のこのニジマスを、県の〝特産〟として育てて、県経済の振興を図ろうとしているのだった。その大きな理由は、この魚が釣り人たちの人気を博しており、全国から集まる人々が支払う入漁料が急増しているからだった。

問題のニジマスは、普通日本では見られない海洋降下型のニジマスだった。サケ・マス類の魚は、川から海に出る前に、海水に適応する準備の一環として、体色を銀白色に変えるものがある。これを「銀化(ぎんけ)」といい、銀化するニジマスを北米では「スティールヘッド」と呼んでいる。スティールヘッドは、日本ではかつて北海道の一部の川で発見されただけで、もう長い間見られなくなっていた。ところが釜無川で見つかった種は銀化していただけでなく、体長が一メートルにもなる大型だった。そういう魚が関東地方で殖えるならば、それは大きなビジネス・チャンスだと多くの人が考えたのである。

もちろん、遺伝子組み換え生物法の規定では、組み換え種の動物は五年間の評価期間前に自然界に放つことは禁じられていた。しかし、山梨県のスティールヘッドは、何者かが数年前に放流したものが自然に殖えてしまったものであり、生態系へのマイナスの影響は今のところないようだった。そこで県では、この法律の例外規定を利用して、他県にスティールヘッドが現れる前に、この新種の日本でのライセンスをもつ大手水産会社と独占契約を結び、大規模な養魚場を建設することを計画しているのだった。

これが、この選挙で「市民派」と呼ばれる人々の〝ふるさと振興策〟の中心をなしていた。市民派は、政治的には現職知事の阿藤兵庫(ひょうご)をかついだ与党連合(四会派)で、経済界の応援も得ているから、阿藤の当選は確実と考えられていた。

これに対して異議を唱えたのが早瀬豊を擁立する「自然派」と呼ばれる人たちだった。これは環境保護派を中心にした無党派層の市民グループで、それを共産党などの野党が応援していた。早瀬はここ数年、甲府市にある県立水産大学で生物学の教授をしながら生物多様性の保護を訴え、インターネットのホームページでも同じ趣旨の論説やエッセーを次々に発表していたから、全国にそれなりの数のファンをもっていた。が、彼は長年、オーストラリアで外来種生物導入の研究をしていて、数年前に県民となったばかりだから、県の政界や経済界とのつながりが薄かった。だから一般の県民から多くの支持は得られまい、というのがマスコミを含めた大方の予想だった。

しかし、学問的知識と素養に限って言えば、早瀬はこの〝ニジマス問題〟を扱う適任者だった。彼は、帰国する前の数年間、コイの研究に没頭していた。このコイは、ヨーロッパからオーストラリアに持ち込まれた外来種だった。それが南東部の川で増殖し、在来種の魚を駆逐しかかっていた。当時、オーストラリア政府が考えていたことは、コイの遺伝子の一部を組み換えてオスばかり生む種をつくり、それを川に放つことだった。卵を産むメスが生まれなければ、絶滅は時間の問題だからである。この〝オス化〟の技術導入に猛然と反対したのが早瀬教授だった。理由の一つは、遺伝子組み換え種の放出は、新しい外来種の導入と同じ危険性があるということ。もう一つは、組み換えられた遺伝子は不安定であり、時間の経過とともに予測できない変化が生じるということだった。しかし、その意見は聞き入れられず、オーストラリアでは二年前、南東部の河川に遺伝子組み換え種のコイが放たれた。早瀬教授は、それに抗議する意味もあって日本に帰国したのだった。

浅川泰明は仕事がら、早い時期から早瀬のこういう活動に注目し、電子メールなどで意見交換をしていた。早瀬が水産大学の教授となってからは、同じ県の地方公務員という立場も手伝って、お互いに急速に親交を深めていったのである。

甲府駅前では午後五時前になると、浅川の乗った宣伝カーの周りにはさすがに人垣ができていた。その中には自然派陣営の〝サクラ〟ももちろん混ざっていたが、前宣伝がゆきわたっていたせいか、テレビカメラを抱えたマスコミ関係者の姿も見えた。実は早瀬は、知事選の中盤に行われるこの演説会で、大きな〝賭け〟を計画していた。その計画の内容は、浅川以外の誰にも——自然派陣営の選挙参謀にも——知らせていなかった。ただ、「ある重大発表をする」と言ってあったから、それに興味をもった報道関係者が来ているのである。

早瀬豊は、演説開始の数分前に駅前の雑踏の中に姿を現わし、箱型の宣伝カーの中に飛び込んで大急ぎで用意をしてから、浅川の立っている屋根の上に昇ってきた。

「遅れて申し訳ない。準備がぎりぎりになっちゃって……」と、彼は息をはずませて浅川に言うと、マイクを受け取って聴衆の方へ向き直った。

「甲府駅前にお集まりの県民の皆さん、本日は夕方のお忙しい時間帯に私、早瀬豊の立会演説会においでいただき、本当に有難うございます」

早瀬は、茶色のコールテンのズボンの上に黒い革のジャケットを着、肩の上から自分の名前入りの白いタスキをかけた姿で、体を前後にゆっくり動かしながら話しはじめた。

「選挙も中盤戦に入り、私、早瀬の自然派陣営は苦戦を強いられていると言う人もいますが、私は決して苦戦とは感じていません。県民の皆さんは本当のこと、真実が何であるかを理解されれば、必ず私、早瀬の立候補の目的に賛同され、無秩序の開発と自然破壊、そして、ふるさと山梨の生態系の混乱をもたらした従来の政治に『ノー』と言い、本来の美しい〝甲斐の国〟の自然秩序の回復を目指す早瀬に『イエス』の票を投じて下さると、私は強く信じています」

浅川は、早瀬の使った「本当のこと」という言葉に注意した。それは、これまでの演説では使われなかった言葉だった。

「『本当のこと』は、私たちの目から隠されていることが多いのです。私はそれを学問研究の中でいつも実感してきました。しかし、民主主義の社会では、まずそれを有権者の皆さんが知らなければなりません。知る権利があります。そうでなければ正しい判断ができずに、県政は誤った方向に動いていきます。早瀬豊は、今日はそのことを強く訴えたい」

いよいよ重大発表がある、と浅川は思った。

「県民の皆さん、早瀬はこれから、今回の知事選の大きな争点となっている〝ニジマス問題〟について、新しい事態が起こっていることをご報告したい。これは私がごく最近になって、学者として直接目撃した事実であり、まだ誰にも申し上げていないことです。阿藤兵庫知事とその応援団である与党連合は今、人気の高いスティールヘッドが県内の河川や湖で殖えることが経済発展をもたらすと主張していますが、その予測がまったくの誤りであることが判明しました」

早瀬はここまで言うと、一度息をついで周りの聴衆を見渡した。その目には自信が溢れていた。

「私はこの間、知人が釜無川で捕ったニジマスだといって持ってきた魚を四尾解剖しました。その腹からは、ブルーギルの成魚と幼魚が出てきました。また、その四尾の腹の内容物を詳しく分析してみた結果、消化しかかったオオクチバスの骨や鰭も見つけました。オオクチバスとは、皆さんがブラックバスと呼んでいる魚です。一体このことは何を意味しているか、お分かりでしょうか?」

こう言うと、早瀬はまた聴衆を見回した。宣伝カーを取り巻く人垣は皆、早瀬の方を向いている。

「皆さんがすでにご存じのように、遺伝子組み換えのニジマスは成長ホルモンを異常に分泌するため、普通のニジマスの五倍から六倍の速さで成長します。しかし、何も食わずに成長するわけではありません。餌をそれだけ多く食べるのです。では、釜無川では何を餌にするのでしょう？　これまた皆さんもご存知のように、この川にはもう、天然種のアユやイワナやヤマメはいなくなりました。その代わり、各地にゲリラ的に放流されたブルーギルが下流にはすんでいます。また、富士五湖にはバスやギルが沢山いるのは誰でも知っています。スティールヘッドと呼ばれるニジマスは、そのバスやギルを食べて成長しているのです。これはきっと遺伝子組み換えの影響です」

聴衆からは、何の反応もない。それでも彼は続けた。

「今、山梨県の湖や沼では、ブラックバスが魚の世界の頂点にいます。もし阿藤知事が当選すれば、今度は、そのブラックバスを食べる魚が、養殖によって大量に放流されることになります。バスやギルの数は激減し、ふるさとの川や湖は、ほとんど一種類の魚しかいなくなる可能性があるのです」

早瀬のこの演説は、夜のニュースで取り上げられ、翌日の新聞には彼のインタビュー記事も掲載された。阿藤陣営は、早瀬のこの予測を「単なる憶測」として否定し、スティールヘッドの放流はバスやギルの増加を防ぐから、在来種の繁殖を逆に助けるのだと主張した。

山梨県知事選挙では早瀬の〝重大発表〟以降、振り子が揺れ戻したように自然派が勢力を伸ばした。早瀬の言葉を借りれば、「都会の人間を当てにした自然の切り売り」が間違っていることに、多くの県民は気がついた。しかし、市民派の力には及ばず、阿藤兵庫は僅少差で勝利した。その結果、スティールヘッドの養殖と放流については県議会が二つに割れ、結論が出ない状態が長く続いた。が、その頃には、県外の河川でもこのオオニジマスが目撃されるようになり、独占契約は無意味となった。そして、全国でバスやギルが減少し始めたことが分かると、「日本原産の魚をいかに護るか」が国会でも真面目に議論されるようになった。

◇

ところで、早瀬豊はその後、浅川泰明とともに日本水産研究所を設立し、ニジマスに続いてベニザケやサクラマスの中にも成長が異常に速い種が現れたことの原因を探っている。

# 再生

「ヘビがほしいわ」

志村オクタビウスは、横にいる永恵果(えいけいか)が言ったその言葉を理解するのに、やや時間がかかった。二人は、今は砂漠となった関東平野のあちこちに聳える、巨大な尖塔都市の一つの中にいる。その八十七階で、手すりに寄りかかりながら話をしていたのである。二〇四五年の六月のことだ。

志村の目は、眼下十数メートルのところに散らばった五、六卓の円形のコーヒー・テーブルの一つを注視していたが、やがて手すりにかけていた両腕に力を入れて体を回し、恵果の方に真っ直ぐ向いた。

「なぜヘビなんです?」と彼は言った。女性が選ぶ動物の名前としては、予想外だったからだ。

「人間には比較的無害だし、ネズミの天敵でもあるし、それに心理学的にも重要な存在だから」

そう答えながら、恵果も半身になって志村の方を向いた。志村はネズミのことまで考えていなかったから、その言葉で彼女が生物学者だったことを改めて思い出した。しかし、彼女が最後に言った「心理学的」という言葉は解せなかった。生物学は、人間の心理に一体どう関係するのだろう。彼は、彼女の紺のスカートの脚から視線を逸らして言った。

「ヘビは気味悪い動物なのに、それを再生させることが人間の心にどんな意味があるんでしょう?」

「その話は少し複雑だから、もしよかったら下でお茶でも飲みながらお話しません?」と、恵果は手すりの方へ顎をしゃくって言った。

喉が渇いていた志村にとって、願ってもない提案だった。

志村オクタビウスは、東京の六本木区環境部生物再生課の課長補佐である。彼は、絶滅した生物を蘇らせて都市内の環境を整えるというこの仕事についてから、五年になる。仕事がら生物学者や生態学者と話すことは珍しくない。また、その分野のことを大学で専攻したので一応の心得はあった。しかし、心理学となると自信がなかった。人間の心理と自分の仕事とはあまり関係ないと漠然と思っていたのだ。

東京は今、六本木区を含めた八十六の「区」に分かれていて、それぞれの区はほぼ完全に自立していた。ここは、高さ三五〇メートル、地上百三十階の巨大な塔を、特殊な強化ガラスで覆った「自立体」である。政治ばかりでなく、産業も経済も、この閉ざされた空間内で自律的に営まれている。人々は、この尖塔の中で寝起きし、仕事をし、食料を生み出し、消費し、子供をつくる。議会も行政機構も裁判所も警察も、この尖塔都市の中にあった。人口はざっと五千人だ。

志村は、三階下にあるカフェテリアへ行くために、恵果とともにエレベーターに乗った。このエレベーターは四方がガラス張りだから、降下しながら周囲を眺めることができる。が、ガラスとコンクリートと鋼鉄の骨組みが上下に移動する様子は、あまり美しいとは言えない。たまに天気のいい日には、渋谷や恵比寿の「島」まで見通すことができるが、今日の戸外は黄色く曇って何も見えない。相変わらず砂嵐が吹いているのだった。

人々は「区」のことを「島」と呼ぶことが多い。その方が、実情をよく表しているからだ。海に浮かぶ島が、海水によって大陸や他の島と分離されているように、一つの区は、黄色い不毛の砂漠と人間に有害な環境によって、隣の区と分断されている。区と区の間は頑丈で気密性の高いリニアモーターカーで結ばれてはいるが、その本数は一日せいぜい二、三本である。だから文字通り「陸の孤島」なのだ。

志村と恵果は八十四階でエレベーターを降り、真ん前にあるカフェテリアの領域に入って、コーヒーを受け取り、丸テーブルの前の椅子に向かい合って腰かけた。

「志村さんはさっき、ヘビのことを気味が悪いって言ったでしょう?」と、恵果は席に着くなり、細い指をコーヒーカップにからませて言った。

志村は白いカップから一口すすり、その苦さに口をゆがめながら言った。

「ええ、そう言いました」

「でも、気味悪さは必要なものだわ」と、恵果は楽しそうに言った。その様子が、何か人を小馬鹿にしたように感じたので、志村はちょっと反論する気になった。

「しかし、ゴキブリやカラスやネズミも気味が悪いですよ。そんなものが人間にとって必要とは思えませんが?」

恵果は、片手を横に振って口をとがらせた。

「その『人間にとって』という考え方が問題だったでしょう?」

志村は、恵果が何を言いたいのか分かっていた。人間にとって快適で豊かな生活を実現しようとして、人類が発明や開発をどんどん行なってきた結果が、地球温暖化を初めとした環境破壊であり、生物種の大量絶滅であり、土地の砂漠化だったことは、もう誰でも知っている。二十年前に起こった地球環境の大変動は、人類がそういう考え方から抜け出すことができなかった結果である。それによって海面上昇が一気に進み、多くの都市は水没するか、この六本木近辺のように砂漠化した。しかし、地球環境自体が人間にとって有害になってしまった今日(こんにち)、人間の都合を優先させない環境政策は無意味だ、と彼は思うのである。

「永さんは、環境にとって有益な生物なら、人間に有害でもどんどん再生させようというお考えなんですね?」と志村は言った。

「どんどん、というわけじゃなくて、順序よく、必要な時に、適当な個体数を導入すべきだと考えるわ」と恵果は、言葉を選びながら言った。

「そして今は、ヘビを導入すべき時期というわけですね?」と、志村は言った。

「そう、この六本木の島ではね……」と、彼女は隣のドーム状の実験棟の方向を指差した。

各区では、人間が生活する尖塔都市から横へ延びる形で、トンネル型の廊下で連結された実験棟をいくつか持っている。そこでは、緑豊かな環境を実現させるための実験や、食糧増産のための実験、あるいは遺伝子組み換え種の動植物を飼育・栽培するための実験などが行われている。六本木区の実験棟の一つでは、できるだけ自然な——つまり、二十一世紀初頭までの「自然」にできるだけ近い——環境を再現させる目的で、一年前の二〇四四年から「リバース六本木」というプロジェクトが実施されていた。

このプロジェクトの最初の一年は、ススキやレンゲ、ナンバンギセル、カタクリなどの草や、ヤブツバキ、アオキ、ヤツデ、シュロ、タブノキなどの木がそこに植えられた。使った土は、その辺にあるごく普通の土に、堆肥などの有機肥料を加えたものだった。だから、植えないはずの〝雑草〟ももちろん生えてくるし、昆虫も数多く発生した。また、ドーム内には空調が働いていたから、プロジェクトが始まって半年もたたないうちに、野球場ほどの広さのドームの土は、緑の草木で一面に覆われた。しかし、問題はその後だった。昆虫を捕食する動物として、何を導入するかで意見がなかなかまとまらなかった。

そのうちに、ドーム内にネズミがいることが分かった。それも十匹や二十匹ではない。百単位の数だった。密閉されていたはずの人間の居住区域から、恐らく人間の出入に紛れて流れてきたのだ。また、トカゲやヤモリも発見された。これはきっと、地中に卵が埋まっていたのだろう。つまり、昆虫の捕食者はドーム内にすでに存在しており、気がついた時には着々と数を殖やしていたのである。その頃からである。このプロジェクトに対して住民から疑問の声が上がりだした。「我々はネズミやトカゲのために税金を使うのか?」「見て楽しめるような、小鳥や愛玩動物を殖やすべきだ」「観賞用や食用の作物を育てるべし」――志村もそういう考えに賛成だった。そんな時に、区が香港から招いた環境コンサルタントである永恵果が、「ヘビの導入」を提案したのである。

「自然界には気味の悪い生物はいくらでもいるんだから、ヘビくらいで尻込みするのはおかしいわ」と、恵果は言った。

「尻込みじゃなくて、ヘビでは住民の納得は得られないと思うんですよ」と、志村は不満そうに言った。

「でも、プロジェクトの目的は『自然の再生』なんでしょう？　自然界にヘビがいることに、何の問題もないはずだわ」と、恵果は肩をすくめながら言った。

「もちろんそうです。しかし、人間にとって問題なんですよ」と、志村は少し声の調子を上げた。

「だからこのプロジェクトはうまく行かないのよ」と、恵果は無遠慮に言った。「『人為的な自然』なんてどこにも存在しないのに、人間は自然を自分の好みで造ろうとしている。それはもう、本当の意味での自然ではないでしょう？」

大きな身振り手振りで話す彼女を見て、志村はもっと核心に触れる話をしなければならないと思った。

「永さん、自然はもう人間の味方ではないんです。少なくとも、今の自然——このガラスの外にある自然は、我々の敵です。紫外線が肌を侵し、砂漠で作物はできず、奇妙な生物ばかり殖え、雨が降れば強い酸性だし、砂嵐は目や呼吸器を傷めます。そういう自然の災いから身を護るために、我々はこんなドデカい建物を造り、ガラスで蔽ったのです。この街そのものがすでに巨大な『人為』なんですから、その中で再現される自然が『人為的な自然』でなくて何でしょうか？」

ここまで一気に言ってしまってから、志村は恵果の表情を窺（うかが）った。この学者先生を怒らしてしまったかな、と心配になったのだ。

「わかったわ……」と、恵果は静かに言った。しかし、彼女が納得していないことは、真っ直ぐに志村を見るその視線から感じられた。「でも、仮に『人為的な自然』を目指すにしても」と彼女は続けた。「自然である以上は、人間に都合の悪いものも含まれている必要があります」

彼女の語尾には力が入っていた。

「なぜですか？」と、志村は言った。

「人間を恐れさせるため、ね」と恵果は言った。そして「さっき心理学的に重要だと言ったのは、そのことなんです」と続けた。

志村は、やや混乱していた。この中国人の美人学者は、有害な自然から自分たちを護るためであっても、人間に不都合なものが必要だと言っている。そして、その理由は「人間を恐れさせるため」というのだ。

「人間には恐怖が必要というわけですか?」と志村は言った。

「『恐怖』というよりは『畏怖』という日本語の方がピッタリ来るかしら……。『畏怖の思い』『畏敬の念』という言葉があるでしょう。それを失ったために、現代人は自然界のあらゆるものを自分たちの道具にしたではありませんか。その結果が今、目の前にある。自然を畏怖する心の元は、生物学的な、あるいは生理的な恐怖です。落雷を身近に経験したり、猛獣と出会った時の恐怖ね。二十世紀までの人類は、そういう恐怖の対象を『神』として祀ることによって、自然の秩序を維持してきたわ。でも神のいない現代には、もうそれがない。だからヘビが必要なんです」

志村は驚いていた。地球の自然の秩序は、多様な生物の相互依存関係によって保たれてきたと考えてきたのに、恵果はそれだけでは足りず、人間が畏怖の心を取りもどさなければならないと言っている。だから、ヘビを「神」の身代りとして導入しろというのだ。「神」なんて、志村は長いこと考えたことがなかった。そんなものは旧世紀の遺物だと思っていた。今さらそれを持ち出して上司を説得し、ヘビの導入を議会に承認させることなどできるだろうか？

「永さん、そういう複雑な提案は、議会を通りませんよ」と、志村は低い声で言った。

「大丈夫！」と恵果の明るい声が返ってきた。「もっと単純な提案にすればいいの」と彼女は言いながら、持っていたバインダーの間から紙の束を取り出した。

「ここに議会向けの提案書があるから、読んでちょうだい。『六本木神社の建立』という題です。趣旨は、二十世紀の良き伝統の復活ってとこかな。あくまでも文化行事として提案するのね。御神体は、もちろんヘビ。ポイントは宗教色をできるだけ薄めて、お祭り色を出すことね。その案が通れば、ヘビの導入までは時間の問題だと思うわ」

そう言うと、恵果は颯爽（さっそう）と立ち上がった。

# 新生

石川譲治は、肩から胸にかけて寒気を感じながら、洞窟の中で目を覚ました。布団が体から落ちかけていた。そばにある薪の火はほとんど消えている。白い煙がいく筋か、濡れて光った玄武岩の壁面に向かって上がっていくのが見える。「もう朝なのだ」と思うと同時に、彼は自分の体に力が満ちているのを感じた。

起き上がって周りを見回した。妻の美佐の姿が見えないほかは、何も変わったことはない。洞窟の入口から差し込む光が足元近くまで来ているのは、陽が昇ってからまだ間もないことを示している。その壁の脇に敷いた古畳の上では、毛布にくるまった二人の子供たちが、体を丸めて眠っている。入口付近の砂地は乱れていないから、昨夜は動物の侵入もなかったに違いない。美佐は、いつもの朝の儀式をしているだろうと思った譲治は、布団の下から毛布を引き出すと、体を包むようにそれを肩からかけ、立ち上がって洞窟の入口へと歩いて行った。

二〇四五年の五月十四日の朝だ、と譲治は思った。

黒い壁面には、目の高さの、外から雨がかからないほどの距離に、一メートル四方の板が掛かっていて、板面には、手書きの数字が縦横に整然と並んでいる。譲治の考案した万年カレンダーだった。譲治は、その数字の一つの上にかかった竹の輪を横に移動させて、前日の日付を今日の日付に進めた。これが、彼の朝の最初の仕事だ。

妻の美佐は、紺色の毛布を頭から被って、上田盆地を見渡す斜面に座っていた。その後ろ姿が、洞窟の入口に立った譲治から見える。いつもの定位置だ。美佐は、晴れた朝にはそこに座って、遠く軽井沢方面から昇る太陽を、サングラスをかけて、まるでご来光でも拝むように迎えるのだった。譲治も時々それにつき合うが、今朝は前日の夜なべがたたって出遅れてしまった。彼は、肩からかけていた毛布を頭から被り直して、美佐の方へ向かった。

この辺りは標高九〇〇メートルの高地だから、五月半ばでも朝は気温が低い。しかし、毛布やサングラスは防寒のためではなく、太陽が放つ強烈な紫外線から肌や目を護るためだった。朝の陽射しはそれでも耐えられるが、日中は肌を陽にさらすのは危険だった。気温も急速に上昇し、この時季でも三〇度を超える日もある。だから、自然の雄大な眺望をゆっくり楽しむことができるのは、日の出の後三十分から四十分の間だけだった。美佐は、その時間をこよなく愛していた。

「おはよう」と言いながら、譲治は妻の肩に手を置いて、その隣に座った。

「おはよう」と答えた美佐の声がこもって聞こえるのは、マスクをしているせいだ。

オレンジ色の太陽は、目の前に淡いシルエットを描く浅間山の稜線の右側で輝き、眼下には、その光を映す千曲川の蛇行した水面が、朝靄の盆地の中で光っている。ピンク色の空には、金色の綿を細かく千切ったような雲が何列にも連なって並び、その雲の列は、右手九〇度の方角に聳える八ヶ岳の峯々の上まで続いていた。

こういう豪華な山の夜明けを、肌いっぱいに陽光を浴びながらじっくりと楽しむことのできた時代のことを、譲治は懐かしく思った。あれからもう二十年になる。当時は、自然は人間に限りなく優しい存在だと感じられた。もちろん冬山は厳しく、嵐の森も身の危険を感じることはあったが、少なくとも太陽だけは、人間に暖を与えてくれる最大の味方だった。その自然が二十年前の二〇二五年ごろから大いに変わったのだ。

物の世界にも人間の世界にも「ストレス」というものがある。自然の生態系もやはり同じで、ある程度の人間の干渉は吸収できても、限界を超えると急激な変動や崩壊が起こることは、科学者も昔から警告していた。しかし、気象や気候については、そういう急激な変化は起こらずに「段階的に変化する」と考えていたのは、譲治ばかりではなかった。「温暖化」という言葉自体が、そういう意味合いを含んでいた。それは、ある地域の平均気温が「三十年間で〇・五度上昇する」という程度の変化だと思われていた。沖縄のゴーヤが福島でも穫れ、モモが秋田で実り、マンゴーが愛知でも栽培できる――そういう緩やかな変化を人々は予測していた。しかし、緩慢な気温の上昇は、地球の気象全体がストレスに耐えている間の一時的現象で、ある限度を超えると、大規模で急激な気候変動が起こる可能性は十分あったのである。

二〇二五年から、実際にこれが起こった。まず、地球全体の大気の流れに変化が起きた。赤道付近を起点とする暖かい気流が、北極や南極の上空にまで達するようになり、極地の氷の溶解速度が増した。これによって海面上昇が急速に進み、多くの都市に水が浸入した。東京も大阪も例外ではなかった。

気候も大きく変化した。日本では、亜熱帯の気候が東北地方まで広がっただけでなく、裏日本にも表日本にも雨季と乾季が交替で訪れるようになった。夏から秋にかけて降雨が続き、各地が洪水に見舞われる。冬から春は逆にカラカラ天気となり、森林火災が頻発する。このことが、生物界に与えた影響ははかり知れない。

森の木が、種を飛ばして次世代を移動させる速度よりも、温暖化の速度が上回ると森林の衰退がはじまる。そこへ、気温の上昇によって活発化した昆虫たちが、食害の追い討ちをかける。さらに、異常乾燥によって山火事が起これば、森林の再生はほとんど絶望的だ。こうして日本の山々を蔽っていた森林は急速に減りつつあった。

気候の変化より影響が大きかったのは、地球を包むオゾン層の破壊だった。これは、世界の人口の増大と工業化の結果だった。生物にとって有害な紫外線が地上に多く降り注ぐことになり、まずカエルなどの両棲類が日本の田舎からいなくなった。また、海水や淡水で生きるプランクトンにも被害が出て、それを餌とする魚類が激減し、イネなどの作物の収量も減った。この紫外線は、もちろん人間にも有害な影響を与える。皮膚癌や白内障が増加したため、人々は日中の戸外での労働を拒否するようになった。これは農業ばかりでなく、経済全体の大幅な縮小を意味した。オゾン層の破壊は地球規模のものだから、世界経済は大打撃を被ることになった。

　そんなわけで、二〇四五年の信濃の山々は、二十一世紀初頭のような緑豊かな深山幽谷ではもはやなかった。乾季に立ち枯れた森は、雨季には洪水や山崩れで流されるため、黄色く露出した山肌の所々に、根の強い広葉樹が辛うじてしがみついている状態だった。ただ、幸いなことに、人口の少ない山岳地帯には、紫外線に比較的強い「陽樹」と呼ばれる木や草がまだ生えていたため、それが他の植物の消えたあとに成長し、新しい森を形成しつつある所もあった。そういう数少ない〝新しい森〟に、都市を捨てた人々が集まっていた。石川譲治と妻の美佐も、その中にいた。

　彼らは、誰からともなく自分たちを〝新人類〟とか〝森（しん）人類〟と呼び始めた。恐らく、都市に住む人々はそのことを知らない。なぜなら、今や都市と森は社会的に完全に分離しているだけでなく、戸外で労働する人がいなくなったおかげで、物理的にも断絶したからだ。

つまり、両者を結ぶ交通手段はもうない。道路や鉄道は修理されずに放置されたから、二年もたてば通行不能となる。すると、通信ケーブルも道路や鉄道に併設されている場合が多いから、その使用不能によって老朽化する。また、無線による連絡は、森に棲む人々がもつ無線機や無線電話、テレビ、ラジオが故障した時点で途絶えるか、あるいはそういう機械に電力を供給する送電設備の故障や老朽化で終了した。

この都市と森の分離は、数年がかりで起こった。その間に、森の人々は都市からの援助を期待したが、経済が大幅に縮小し、貿易も止まったため、都市でさえエネルギーや食糧の供給が充分でない。そんな国に、地方を援助する余裕などなかった。政府は、都市を紫外線から護る措置を講じるのに手一杯で、そのために都市機能を凝縮して塔のような建物を建て、その全体を特殊な強化ガラスで覆った。譲治は、しだいに強まる朝の陽射しを毛布の上に感じながら、自分の青春時代に起こったそういう悲劇の数々を振り返っていた。

彼は目を病んでいる。紫外線の影響だ。しかし、妻の美佐にはその兆しはない。彼女は、母方の祖父が一九四五年の広島の原爆投下で奇跡的に生き延び、母はその影響で白血球の数が普通の倍ほどあった。が、健康に育って美佐を生んだ。そのことが、美佐の免疫系の強さに寄与しているに違いない。日本だけでなく、ウクライナのチェルノブイリやアメリカのスリーマイル島で放射能を浴びた人たちの子孫も、生き続けていると聞いたことがある。だから、人間にとって何が幸せか分からない、と譲治は思う。自分がやがて視力を失っても、この妻の遺伝子を引き継いでいる二人の子供たちは、きっと元気に生き延びてくれるだろう。

横にいた美佐の手が、譲治の膝に伸びた。

「あなた、太陽を見るのはやめましょう」と、彼女は優しく言った。

「そうだね」と言って、譲治は立ち上がり、美佐も腰を上げた。

子供たちのために、いや、彼らとともにこれから生き延びていく新人類全体のためにも、自分の目は大切にしなければならない、と彼は思った。

二人は連れ立って洞窟へ帰り、衣服を着替えてから、美佐は朝食の準備を始め、譲治は洞窟裏にある陽樹の森へと向かった。水汲みと作物の収穫、それに森の整備をするためである。

陽樹とは、直射日光の下ですくすく伸びる種類の木で、日陰では育たない。そういう性質が幸いして、生物に有害な紫外線が増えた今日でも、死滅せずに生き残った。ただし、乾季に水が涸れる土地では育ちにくい。クリ、コナラ、アカマツ、シラカバ、ヤマザクラ、ダケカンバなどがこれに当たる。幸いにも、譲治たちの住む洞窟周辺は谷になっていて湧き水が出る。そのため、環境の激変に耐えた陽樹たちが辛うじて森の形を維持していた。

譲治と美佐には、今とりかかっている計画が二つあった。一つは、自分たちの過去の失敗を子供たちに繰り返させないために、人類の軌跡を何かの形で後世に遺すこと。そしてもう一つは、この陽樹の森を育てて、そこから陰樹を復活させることだった。第一の計画のために、二人は洞窟に壁画を描こうと思っていた。昨夜も、その道具作りに励んでいたのだ。道具に使う金属類や塗料は、今や無人化した上田の町へ下りていけば入手できる。しかし、二番目の「陰樹の復活」を実現することは、簡単ではなさそうだった。

陰樹とは、陽樹が伸びた木陰でゆっくりと育ち、大きくなる樹木である。シイやブナ、ミズナラ、シラビソなどがこれに当たる。陽樹は寿命が短く、しかも木陰で育たないから、陽樹の森は一代で終わる。しかし、陰樹は一度森を形成すると、その木陰に次世代が育つから、森の更新が自然に行われる。問題は、こういう木は強い紫外線に弱いことだ。二人は、陽樹の森の中で陰樹を育てながら、紫外線にできるだけ強い種を選別することで、この問題を乗り切れないかと考えていた。

「パパ、おはよう！」

元気のいい男の子の声で、譲治は我に帰った。四歳になる息子の幸太だった。洞窟脇の上り坂を自分の方に全速力で駆けてくる。譲治は道具をその場に放り出すと、息子の来る方へ小走りでもどり、弾む鞠のようなその体を受け止め、上に差し上げた。

「よぉし、肩車だぞ！」

歓声を上げる柔らかい体は、譲治の肩の上にすっぽりと収まり、小刻みに震えている。小さい手が、譲治の髪の毛を痛いほどつかんだ。彼は自分が小さい頃、父の肩車に乗って銭湯へ連れて行ってもらったことを思い出していた。彼にとってプールのように大きかったあの湯船の中で、彼は泳ぎの真似事をしてはしゃぎ回った。帰りがけにアイスクリームを買ってもらった。魚屋の回りをうろつくネコの背中を、こわごわ撫でた。父のくれたマンガ本に夜遅くまで熱中した――そういう「町」の体験を、この子は永遠に味わうことができないのか。そう思うと、譲治の胸は締めつけられた。

しかしその一方で、彼は失われた文明以上に貴重なものが、まだこの世に残っていることに気がついていた。それは、人間が自らの「誤り」を知り、それを正す能力をもっているということだった。譲治が向かう森は、五つの家族が共同で管理している。この小社会では、森は人間の生存に不可欠なばかりでなく、人間こそ森の一部だから、自然の営みの保護者でもあるべきだという自覚が、人々の間に行きわたっていた。

「人間はここから、きっと驚くような新しい文明を築き上げる」

譲治はそう思うと、肩から下がった小さい脚をしっかり握り、森に向かってゆっくりと歩き始めた。

# 解説——生命科学と想像力と宗教

島薗 進（東京大学教授）

科学技術の目覚ましい発展によって、ずいぶん生活がよくなったと感じられる。医療、衛生の向上、食物の改善、そしてそれらを支える経済発展は科学技術の発展がなければなしとげられなかった。また、科学のおかげでまことに多くのことが理解できるようになった。宇宙の歴史、素粒子の運動、生物の進化、経済の法則——科学の偉大な成果が達成される以前は、これらはまったく知られていなかった。そして、通信や交通の手段の驚くべき変化がなければ、現代人が享受している利便や快楽の多くは得られなかっただろう。私たちは巨大な科学技術の恩恵に浴し、たくさんの欲望を満たして暮らしている。

だから科学が、また科学技術が信頼されるのは当然である。だが、私たちは科学に、また科学技術に大きな危惧を抱くようにもなっている。科学技術を、また科学技術の専門家をすなおには信用できなくなっている。原子力は科学技術の専門家の倫理観や目的意識が疑われている代表的な領域だ。原子力をめぐる科学技術は武器開発の分野で大成功を収め、燃料として現代の経済生活を支えている。科学者たちは確かに偉大な発明、発見をなしとげ、人間の力は格段と高まった。だが、そこには良い効果と並んで、恐るべき悪影響の種子もあった。科学者はそのことを知っていて、原子力の研究・開発に熱中したのか。それを防ぐ方法を考えていたのか。原子力の知は叡知とともに獲得されたのか。むしろ力を拡大したいという暗い衝動につき動かされたのではなかっただろうか。

科学技術は善をもたらすとは限らない。科学技術を善に方向づけるシステムが必ずしもうまく組み立てられていない。他方で科学技術は必ず善をもたらすかのように振る舞っている仕組みがある。一九世紀のある時期から、科学への信頼はやや度を超したものとなった。また、経済利益や経済発展とあまりに深く結びついたものとなってしまった。そのことを自覚して、科学技術を制御するための知恵を人類社会はまだ手に入れていないのだ。

だが、希望はある。一九七〇年頃から環境問題が痛切に意識されるようになってきた。人間の生活を支えている地球環境の生命秩序（生態系）を、人間自身が脅かしていることがわかってきた。環境破壊は科学技術によって獲得された巨大な力が引き起こしたものだ。科学技術の成果を用いる際に、それが何か破壊的な要素を含んでいないかよく注意を払い、恐れを抱かなくてはならない。ところがそうした自覚の深まりにもかかわらず、科学技術の開発に熟慮を経ずに膨大な財源、資源、人的エネルギーが投入され、恐れが軽んじられるかに思える領域がある。バイオサイエンス、つまりは生命科学の関わる領域である。

食物と医療は現代産業の中でも、とくに大きな期待が集まる領域だ。だが、ここでは大きな「科学技術の進歩」が成し遂げられるとき、たいていは不気味な危険が恐れられもする。遺伝子の分子の配列がわかり、その働きが解明されつつある。発生したばかりの生命体に操作を加えて、食物や医療に利用しようという試みもさかんになされている。植物や動物をあれこれと操作し、今までなかったような種や「生き物のからだ」を作ろうとする実験は巨大な規模で進められている。人間のからだと動物のからだを混ぜ合わせた存在を作ったり、従来の人間が持たなかったような可能性、たとえば不老長寿や高齢出産の可能性、筋肉増強や脳内物質の制御の可能性などもどんどん追求されようとしている。

これは「神を演じる」こと、つまりは人が神であるかのように自らの条件を超え出てしまおうとすることだ。現代の生命科学は人体を初めとする複雑な生命組織を意のままに操作し、そこから利益を得る方策を次々に開発しつつある。「そんなことをすればばちが当たる」と感じる人は多いだろう。「人間の身の程を知らないで、神であるかのようにふるまおうとする傲慢だ」というため息があちこちから聞こえている。

しかし、このような「恐れ」を表明し、科学技術の進展に慎重論を唱えると、とたんに激しい反論が返ってくるだろう。苦しんでいる人を助けるための科学技術開発に、なぜ不当な妨害を加えるのか。患者さんの苦しみを座視していてよいのか。飢えて死んでいく人が多数いることをどう考えるのか。食糧不足を解決しなくてよいのか。科学者、患者さん、農業・漁業・畜産関係者、そしてバイオ産業に期待をかける政界・産業界から強い後押しがある。生命科学推進論を支えるモティベーションはとても力強い。

一方、慎重論の「恐れ」は漠然としたものに聞こえてしまう。未来の予測が必要となるが、経験できないことなのでどうしても実感が伴わない。先のことは何といってもよくはわからないし、だから如実に感じられない。そこで、漠然とした「恐れ」に形を与えていくために、想像力が必要となる。現代の生命科学が人間生活にとってどのような影響を及ぼすかを考えるには、物語が、とりわけSF的な近未来小説の形が役立つ。このように未来の生を想像してみると、新しい科学技術のもつ意味がはっきりしてくる。この本の物語は、それぞれ「人間を恐れさせるための」蛇のような存在だ（二二七ページ）。

この本の話はどれもやぶに潜む蛇のように少し恐い。近い将来にこんなことが起こるとしたら、安心して生きてはいけないと感じる。だが、現在の生命科学の進展からすれば、物語が語る未来は十分ありうることなのだ。では、どうすればこんなことが起こらないようにできるのだろうか。これは一つ一つ学者や市民に尋ねてみなくてはならない。どのようなルールを作っていけばよいのか。人間の心をもったネズミ。他の生物のからだや感覚を自分の中に感じてしまう人間。遺伝子操作をされていることに苦しむ人たち。親子関係が不明でアイデンティティに苦しむ若者。作物や魚を育成しながら破壊的な結果におびえている人たち。「どんな制度を作ればこんな事態を防げますか」と問わねばならない。

このような想像力は広い意味での宗教の世界と大きく重なり合ってくる。「恐れる」ことと「希望する」ことはともに宗教の重要な働きだ。宗教はときに途方もない希望を育む。だから、この本に出てくる「プロクローン」のように、生命科学の発展が人類の最高の幸せを実現してくれると希望する宗教団体が登場してくることに何の不思議もない。それは世の終わりの到来をひたすら恐れて、シェルターに閉じこもってしまう宗教集団が登場してくるのが不思議でないのと同様だ。だから、どのような「恐れ」とどのような「希望」をもつかが問題だ。そのことを問い直し、宗教が人類の幸福と共存に、地道に貢献する道を考え直していかなくてはならない。ここにこの本の隠れたテーマがあると言ってもよいだろう。

「自分を含めた人間は皆、心の中に〝敵〟を想定することで自分を安全にするのではなく、逆に不安にし、不幸へと導いていくのだ」（七三ページ）と「良心」に登場する女性心理学者は考える。だが、これはかつて宗教者・信仰者・教育者・理論家が理念として説き続けてはきたが、実践面では忘れ続けてきた教えとよく似ている。二〇世紀の、そして二一世紀の戦争の歴史を考えれば、私たち日本人（日本語読者）は多かれ少なかれ自ら（の父母や祖父母）が戦争に関わった当事者であることを思い起こし、慄然とせざるをえないだろう。「愛」や「慈悲」を生きる道、生かす道を人はいつもねばり強く探り続け、見出し続けていかなくてはならない。環境問題や生命倫理問題を真剣に考え、人類社会の歩むべき道を問い続けることは、このような広い意味での宗教の課題に正面から取り組むことでもある。

# 初出一覧

〔本十七篇は左記の日付で谷口雅宣のウェッブ・サイト（http://www.MasanobuTaniguchi.com/）に掲載〕

「疑心」――――二〇〇二年九月一六日
「捕獲」――――二〇〇二年一二月一〇日
「捕獲2」――――二〇〇二年一二月一八日
「変色」――――二〇〇二年一二月三〇日
「良心」――――二〇〇二年一〇月一五日
「旅立ち」――――二〇〇二年一〇月二三日
「旅立ち2」――――二〇〇二年一〇月二八日
「飛翔」――――二〇〇二年一〇月一日
「飛翔2」――――二〇〇二年一〇月二日

「追跡」――――二〇〇三年二月一四日
「慙愧」――――二〇〇二年一〇月九日
「亡失」――――二〇〇二年九月一八日
「亡失2」――――二〇〇三年一月七日
「銀化」――――二〇〇二年一一月一一日
「銀化2」――――二〇〇二年一一月二七日
「再生」――――二〇〇三年一月一八日
「新生」――――二〇〇三年一月二九日

神を演じる人々

初版発行――二〇〇三年一一月二〇日

著者――谷口雅宣（たにぐち・まさのぶ）
©Masanobu Taniguchi, 2003〈検印省略〉

発行者――岸　重人

発行所――株式会社　日本教文社
東京都港区赤坂九―六―四四　〒一〇七―八六七四
電話　〇三（三四〇一）九一一一（代表）
〇三（三四〇一）九一一四（編集）
FAX　〇三（三四〇一）九一一八（編集）
〇三（三四〇一）九一三九（営業）

頒布所――財団法人　世界聖典普及協会
東京都港区赤坂九―六―三三　〒一〇七―八六九一
電話　〇三（三四〇三）一五〇一（代表）
振替　〇〇一一〇―七―一二〇五四九

印刷・製本――凸版印刷

装幀――清水良洋（Push-up）



ISBN4-531-05234-X　Printed in Japan

＊本書の本文用紙は70％再生紙を使用しています。

● 日本教文社のホームページ　http://www.kyobunsha.co.jp/